【內容簡介】

《秀場後台》是柯蕾特結束第一段婚姻之後，為了有足夠的經濟來源保障她想要的生活，到秀場演出默劇與舞蹈的巡演筆記。她利用排練的空檔、飯間等待的時候或是火車旅途間，在撕下來的報紙、餐巾或是不知名的碎紙上書寫，寫下秀場藝人們的汗水、疲勞、吃不飽、爭寵與妒忌……這些隨筆當時都發表在巴黎《晨報》的一個名為「一千零一個早晨」專欄裡的「秀場系列」中。她一個月給報社供稿兩次。最後於一九一三年出版成冊。

柯蕾特憑其細膩的眼光，生動刻劃出光鮮亮麗的舞台後，一個個隨秀場巡演維生的小人物，以他們細細瑣瑣的喜怒哀樂，重現了在法國俗文化中頗具地位、而今卻已凋零不復見的巡演式歌舞秀場的風華。

【作者簡介】

西多妮－加布里葉·柯蕾特

Sidonie-Gabrielle COLETTE (1873–1954)

二十世紀初最才華洋溢、特立獨行的法國女作家與前衛舞蹈家。得到過同時期最偉大作家們的敬意，如：紀德、尚·考克多、莫里亞克；也受到更年輕一代作家：路易·阿拉貢、沙特、西蒙波娃等的尊敬；後者更稱她為「了不起的女神母親」。一九四五年被選入龔固爾文學院（Académie Goncourt）院士，成為法國最高文學院第一位女院士。

柯蕾特活了八十一歲，自言「人生就是一個打破禁忌的過程」。柯蕾特是那個時代最瘋狂的女性，甚至搶盡同時代另一位名女人香奈兒（Coco Chanel）的風頭，不管在工作或感情生活上都曲折離奇，饒富傳奇色彩。她奔放洋溢的才華毫不保留地在寫作與歌舞表演中呈現，輕鬆自如地遊走於高雅與低俗之間。為生計可在紅磨坊（Moulin Rouge）、女神遊樂廳（Folies Bergères）等歌舞秀場演出，也曾開設美容院，同時於奔波忙碌的現實生活裡，她仍然堅持寫作。

一生著作了七十三本書，風格多樣，難以歸類，但一貫保有女性獨特的視角，揭露脆弱者命運的乖舛，同時勇於表達一種肯定而歡快的女性哲學。代表作有《克羅蒂娜》系列、《女流浪者》（La Vagabonde）、《母貓》（La Chatte）、《琪琪》（Gigi）。

【譯者簡介】

陳虹君

法國巴黎第八大學影像美學研究所畢業。近年來回於巴黎與台北兩座城市之間。熱衷地緣政治，關心人類生存境遇，多次編譯影像與社會政治相關文章。譯有法文紀實報導與分析類書：《黑暗大佈局—中國在非洲的經濟版圖》（早安財經）、小說《出事 情》(一人出版社)。

秀場後台

L'Envers du Music-Hall

西多妮-加布里葉・柯蕾特
Sidonie-Gabrielle COLETTE

陳虹君 譯

【目錄】

導讀

千姿百態：法國國寶級女作家柯蕾特

一八七三年一月二十八日，二十世紀初最才華洋溢、特立獨行的法國女作家、前衛舞蹈家：西多妮-加布里葉·柯蕾特（Sidonie-Gabrielle COLETTE）於法國中部省分勃艮第（Bourgogne）的一個名為 Saint-Sauveur-en-Puisaye 的小山村誕生。得到過同時期最偉大作家們的敬意，如：紀德、尚·考克多、莫里亞克；也受到更年輕一代作家：路易·阿拉貢、沙特、西蒙波娃等的尊敬；後者更稱她為「了不起的女神母親」。一九四五年被選入龔固爾文學院（Académie Goncourt）院士，成為法國最高文學院第一位女院士；同年的十一月接受比利時皇家藝術學院授勳。一九四九年當選龔固爾文學院院長。一九五四年八月三日，柯蕾特在位於巴黎皇宮御花園（Palais-Royal）薄酒萊路九號（9, Rue de Beaujolais）的公寓中過世，法國當局特地為她舉行國葬，安葬於巴黎第二十區的拉雪茲神父（Père-Lachaise）公墓。

柯蕾特活了八十一歲，著作了七十三本書。「人生就是一個打破禁忌的過程，」她說。用一生尋求女性的權利和快樂，她的叛逆、擺脫一切偏見，是受其母親的影響。她的母親，西多（Sido, Sidonie Landoy）*，是一自由思想者和無神論者，於當時的法國社會是非常罕見的。柯蕾特與母親一樣，對大部分的社會規範不屑一顧。二十世紀初，她就吃起生魚片，做面部拉皮，終生頂著一頭狂亂毛躁的髮型。她從不減肥，也不為此感到不安。有時她一身男裝，從容出入巴黎社交圈。柯蕾特是那個時代最瘋狂的女性，甚至搶盡同時代另一位名女人香奈兒（Coco Chanel）的風頭。她還曾在紅磨坊（Moulin Rouge）、女神遊樂廳（Folies Bergères）等歌舞秀場演出。柯蕾特說：「我想做什麼就做

---

*其母親於一八三五年生於巴黎，一九一二年逝世。西多十歲的時候跟隨父兄定居比利時布魯塞爾，兒時生活環境圍繞著詩人、畫家、音樂家，遂養成她的文藝品味與獨立鑑賞力。二十一歲時嫁給 Saint-Sauveur-en-Puisaye 的富有地主，育有一女一子，茱麗葉和阿奇里。第一任丈夫過世後，再嫁吉爾－喬瑟夫．柯蕾特（Jules-Joseph Colette）上尉，育有一子里奧和小女兒西多妮－加布里葉。

什麼，我要演默劇甚至喜劇。要是內衣妨礙了我的動作，讓我無法表達肢體語言，我可以光著身子跳舞！」

柯蕾特在很年輕的時候就遇見了年紀長她十五歲、外號威利（Willy）的亨利·高提耶-維亞爾（Henry Gauthier-Villars）——著名的音樂專欄作家——並於一八九三年五月十五日結婚，定居巴黎，因而進入巴黎的文學與音樂圈，結識了普魯斯特、法朗士、德布西、拉威爾等人。威利利用柯蕾特的寫作才華，逼迫她寫下關於學校回憶的作品，遂開啟了《克羅蒂娜》系列小說*，小說大受歡迎，一版再版，卻只能用丈夫的名字發表。其勞動成果遭到丈夫剽竊、侵吞，全巴黎心知肚明，但柯蕾特始終閉口不談。因為她愛戀著

---

*《克羅蒂娜在學校》(Claudine à l'école, 1900)、《克羅蒂娜在巴黎》(Claudine à Paris, 1901)、《克羅蒂娜婚姻生活》(Claudine en ménage, 1902)、《克羅蒂娜出走》(Claudine s'en va, 1903)。該系列小說是依循女性成長小說的慣性，即以愛情的得失作為成長體驗的關鍵。愛情讓克羅蒂娜從童年的天真退去，形成新的世界觀、人生觀、戀愛觀，最後進入成人世界，面臨自我與社會的矛盾，學習調和人與人、人與社會、人與自然的關係。

威利，直到失去自我。一九零四年的作品《獸群的對話》（Dialogues de bêtes）*才開始屬名柯蕾特。終於，由於威利的自私，與不斷地拈花惹草，柯蕾特不堪羞辱，這段婚姻在一九零六年走到了盡頭。離婚後的柯蕾特在默劇演員喬治．瓦格（Georges Wague）的鼓勵下——一方面是她要自己掙錢養活自己——開始了舞台表演生涯。即便生活忙碌，她仍然堅持寫作。

三十三歲到三十九歲，柯蕾特穿梭於法國各地的歌舞廳巡迴演出。期間經歷了歌舞秀場藝人們朝不保夕的流浪生活與風霜，一九一二年寫成小說《女流浪者》（La Vagabonde）。該小說被視為一個二十世紀初獨立女性陣痛向上的自由生命歷程，反映這段充滿考驗和孤獨的人生階段。內容描述離婚後的芮妮（Renée Néré）必須在歌舞秀場表演來支持生活開銷；可憐加上被邊緣化，她成了情感流浪女，雖然有過幾次愉快的感情生活，她還是恐懼有一天又變成情感的俘虜。有過婚姻經驗的芮妮知道，婚姻

---

*在這本書中，柯蕾特對我們透露出她的生活片段，身為作家她對人類與自然的敏感還有過人天賦。

必須以愛情為基礎，當她意識到這是愛情，她才願意貢獻自己的心；因為步入社會而成熟的芮妮也看到了婚姻的陰暗面——金錢與束縛，要是無法理解靠雙手勞動賺取金錢的意義，便無法理解職業的需要。柯蕾特寫作此書時剛從婚姻牢籠裡解放出來，書中努力地區分「性」與「愛情」，「金錢」與「職業」。在柯蕾特懂得職業重要性的同時，她自然地將婚姻與職業對立起來。這是柯蕾特最具個人敏感與令人顫抖的內心探索之作。

此後，柯蕾特的活動範圍更加廣泛，從小說家又成為一名積極活躍的記者，她書寫關於表演、訴訟、社會新聞的報導；這是她的所愛，也是她獲得經濟自由的手段。一九二三年柯蕾特結束與政治家兼巴黎《晨報》（Le Matin）主編亨利．德．鳩弗奈爾（Henry de Jouvenel）十一年的婚姻。兩人育有一女。一九二五年，柯蕾特在蔚藍海岸遇到商人兼作家的第三任丈夫莫里斯．古德蓋（Maurice Goudeket）。一九三二年，為了生計，柯蕾特在巴黎地八區經營起一家美容院。

經歷許多曲折，柯蕾特逐漸解放自己。她不墨守成規，描述各種出軌行為，同時又主張自我控制的必要性：這是一種基於對各種形式生活的探求，一種孜孜以求的好奇性，也是基於對自己的清醒認識和自我控制。善於在動物身上揭示人性，於人身上揭示獸性。例如一九三三年所出版的《母貓》（La Chatte），一個關於嫉妒的悲劇，冷冽的筆法書寫兩個已婚青年和一隻小母貓的怪異三角關係。她帶有自傳性色彩的寫作*，嫻熟於各類文體：戰爭紀實《逆時日記》（Journal à rebours, 1941）、《我窗前的巴黎》（Paris de ma fenêtre, 1944）盡情地表達她對兩次大戰期間日常生活的感受；她

* autofiction，該法語單詞出現於二十世紀七零年代的文學辯論中。作為一個專有名詞，它由來自拉丁語的前綴 auto-（自己）和 fiction（假想、虛構）所組成，我暫且將之譯為「自我虛構」。它作為一種文學體裁同時也頻繁出現在當代藝術領域，圍繞著自傳或者是一種變形的自傳，帶著根據性、故事性游弋於真實與虛構之間，記述發生於生活中的事，尤其以再現、模仿、虛構為主要表現手段。而它與自傳體的邊界始終曖昧。

的書信，悲愴而生動，道出了日常生活的困難；她的短篇小說，例如：《琪琪》（Gigi）*則多少有些輕盈，避免提到當時的可怕情景。她留戀世紀初的「美好年代」，但這並未妨礙她揭露最脆弱者命運的乖舛，尤其是婦女的遭遇。

柯蕾特從來沒有認同女權運動，但對婦女受奴役的情況表示憤怒：「她們經常沒有職業，受到剝削，除了結婚和受人供養外，別無出路」。她也經常將女同性戀者看作是躲避男人的途徑。她自己的生活和她筆下的女性主角宣揚婦女在確定她們命運時要負起責任，然而又對她們是否依舊喜歡受到束縛抱持幾分疑惑。閱讀她的著作，不難發現柯蕾特對於婚姻、職業與愛情的思考，經常已是超然於女性主義之外。她在文本中消除了性別和風格的差異，還巧妙多元地批判了父權制度，超越反對和抵制，表

---

*柯蕾特最後一部小說，出版於一九四四年。她將自己最後的力量賦予在這位早熟少女身上，柯蕾特似乎又明白了：即使實現了思想成熟，獲得了職業肯定，女人也不該就此失去追求愛情的勇氣。

達一種肯定而歡快的女性哲學。她的作品中，愛情佔據著重要位置，然而用她的話來說，那都是「不能開花結果的」愛情：年齡差異、早熟的戀情、門戶不相當、缺少基本共同點……也許讀者更傾心這種與常規羅曼史以及悲劇相去甚遠的曖昧題材。

L' Envers du Music-Hall

週而復始

En tournant

RÉDACTION & ADMINISTRATION :

27, Boulevard Poissonnière, PARIS

TÉLÉPHONE : 288-07

Adresse Télégraphique : COMŒDIA-PARIS

ABONNEMENTS

	UN AN	6 MOIS
Paris et Départements	24 fr.	12 fr.
Étranger	40 »	20 »

休憩站

……在F城……一列不急不徐卻又顛簸的火車將我們拋下，棄置不理，巡演隊一行人在一個東風吹拂，天雲舒卷，丁香初綻，香氣瀰漫，微酸美好的春天午後被弄得睡眼惺忪、呵欠連連又牢騷不斷……

自由的空氣鞭笞過我們的面頰，我們瞇起受傷的雙眼，彷彿過早被推送出來的療養院患者。送我們過來的那輛列車還要兩個半小時後才發車……

「等兩個半小時！那我們這段時間要幹嘛？」

「寫寫明信片哪……」

「喝一杯咖啡歐蕾……」

「去野餐。」

「到城裡轉轉……」

巡演隊主任提議去逛公園：這麼一來，他便可以將鼻子塞進高領毛衣，窩在長椅上打盹，充耳不聞巡演隊的嘰喳與牢騷……

「走吧，去逛公園！」

我們出了車站，卸下對這座小城略帶敵意的好奇。

「這些人，他們什麼都不知道！」那位扮演天真爛漫少女的女演員說，一副咄咄逼人的樣子。「首先，不作任何演出的城市，都是一些『鄉巴佬』城鎮！」

「我們去巡演過的也一樣。」褓母*觀察說道，貌似看破紅塵。

我們醜陋凌亂，既不優雅也不謙遜。臉上有種工作過度的蒼白，或是倉促午餐後的酒紅。杜埃的雨，尼姆的太陽，比亞里茲帶有海鹹味的風，綠了也鏽蝕了巡演隊這些可悲的「皮囊」，被大衣包裹其中的敗絮，還誇稱是英國棉呢。枕著無精打彩的花帽——除了那頂寬緣的風騷仕女帽，在塵封的黑絲絨托盤上，搖曳著三根喪禮般傲慢的羽毛

---

*可能是對扮演褓姆角色的年長女性演員的簡稱。

——我們就這樣睡遍了法國各地……

仕女帽上面這三根靈柩車羽毛，還有帽子下方的仕女，我今天看著它們似乎感到很陌生，未曾謀面。

在這座「我們沒有演出的城市」，那位仕女顯得流離失所、荒謬，有著波旁式的長勾鼻側臉，她說：「我不知道為什麼，大家都說我和莎拉像是一個模子印出來的……你們覺得呢？」

正因我們旋風式的到來，一陣小急風揶揄過我們的裙襬，扮演天真少女的女演員褪色的頭髮散在風中，捲曲的髮絲亂舞。她哇哇叫，一邊用手緊緊壓著差點被風刮走的帽子，頓時我看見，在她的眉毛與髮間，太陽穴一帶，有一條沒擦拭乾淨的紅漬——屬於昨夜的胭紅……

褓母的四角緊身底褲大喇喇地走光，茶黃色的打摺底褲塞在布靴裡，我無法將目光移開！我記得那位扮演主角的年輕演員襯衫上的活硬領，灰白顏色，上面留著一條泛黃的汗漬……喜劇演員脂潤水靈的煙斗、第二場務的菸屁股、道具師的黑紫色絲帶、莊嚴老爹糾結褪色的鬍鬚，哪個繡著變幻多端的花草、如仙境一般的簾幕能替我將他們藏起來呢？在這座「我們沒有演出的城市」真是一覽無遺啊！

哎！至於我……我還沒走過鐘錶櫥窗前，鏡子便已向我映照出那叢枯槁無光的亂髮、兩個暗沉的眼袋、乾渴的雙唇，還有棕色衣裙下無力的身子，鬆軟的胸衣上下起伏著……我好像一隻遭夜間一陣春雨打落、洩氣的金龜子……我好像一隻羽毛凋零的鳥……我彷彿是一位不幸的女管家……我彷彿……我的老天，我彷彿就是走唱隊的女演員，衣衫襤褸、垂頭喪氣，大概就是如此……

這就是應許的公園。我們換來的報酬正是這漫長且泥濘的散步，拖著每天綁在鞋裡十八個小時的疲憊雙腳，磨蹭……一座頗深幽的公園、一座沉睡中的城堡，百葉窗緊閉，座落在草坪中央，夾道上野生的風信子以及報春花，還有群樹抽著剛剛捲開的細枝嫩葉……

我們摟著彼此卻還是不由自主地打哆嗦，溫暖的指掌間，一朵鮮花，凍結在陰寒處，僵死於一種嶄新的茁壯……從枝葉間篩落的溫和光線，映在飽經風霜的臉頰上，帶來舒緩與寧靜。樹梢突然吹下一陣風，在林蔭步道間奔馳，追逐過矮樹叢，像一個調皮的幽靈消失在我們跟前……

我們不發一語——這並沒有持續太久。

「啊！鄉村……」扮演天真少女的女演員歎道。

「是啊……坐一會吧？」裲姆提議。「我的腿實在撐不住了。」

毫無美感也稱不上光榮的遊蕩，我們相互倚靠在一棵光滑的櫸木樹下，休息。男人們抽菸，女士們轉動骨碌碌的眼，望著林蔭大道上方的藍色出口，望著鄰近草地上一叢嬌豔盛開的火紅杜鵑花……

「對我而言，鄉野氣息只會把我弄得疲勞不堪。」喜劇演員打著呵欠說道。「搞得我好想睡覺呀！」

「的確，但卻是種良性的疲勞！」袮姆斷言。

扮演天真少女的女演員聳了聳豐滿的肩說：「良性疲勞！您這話讓我直冒冷汗啊！沒有什麼比生活在鄉間更容易使一個女人走向衰老，這是眾所皆知的！」

第二場務哈了一口煙斗，吞雲吐霧，開始說道：「一種並非沒有氣魄的憂鬱感覺，散發出……」

「閉嘴！」青年男主角看著手錶低語罵道，一副擔心錯過上場時間的模樣。

在巡演隊裡擔任配角的一位高大、無力又蒼白的男孩，盯著一隻鐵藍色的小甲蟲爬過，再用麥桿的一端逗弄牠……

我用心地嗅著周圍的空氣，試圖喚回一些被遺忘的氣息，氣息像是從一口清澈的深井向我湧來。一些我想不起名字的氣味從我身邊溜走……

我們的隊伍裡沒有任何一個人笑，要是那名高挑的風騷仕女哼哼唧唧，就是一段既疲憊又悲涼的小調……目前為止，我們一點也不好，這裡的一切都太過於美好！

一隻放肆的孔雀出現在路的盡頭，盛開的雀屏後方，我們瞥見天空轉為玫瑰色……夜就要降臨了。孔雀雄糾糾地與我們並行，彷彿是一位彬彬有禮的侍衛，負責將我們逐出公園。喔！是囉，快走唷……現在，我的同伴們幾乎是連走帶跑……

「別錯過火車囉，孩子們！」

每一個人都很清楚我們不會錯過火車。然而我們卻紛紛逃離這座美麗的公園，逃離靜謐與安寧，逃離高貴的閒散，逃離與我們不相稱的寂寞。我們奔向下榻旅館，奔向令人窒息的梳妝室與眩目的梯道間。匆匆忙忙、嘰嘰喳喳，彷彿群鳥亂叫，我們奔跑，朝快速求生的幻影奔跑，朝熱情的幻影奔跑，朝工作的幻影奔跑，跑向無需思索的幻影，跑向不留任何遺憾、悔恨甚至記憶的幻影……

L' Envers du Music-Hall

抵達，排練

時間大約是上午十一點，我們抵達X城，一座大城市（名字不重要），在那裡我們的演出報酬還不差，工作量也大；那裡的觀眾，任性，繼巴黎之後馬上就要求「精彩戲碼」……下雨天：一種春天的雨，溫溫的，讓人充滿睡意又讓膝關節癱軟。

難以消化的午餐，香烟繚繞的啤酒屋餐廳——加上一夜的舟車勞頓——弄得我像頭悶悶不樂的小獸，整個午後的彩排工作都在賭氣。然而伯拉格並沒有拿此事來開玩笑：

「『懶骨頭』快一點，走啦！兩點開始排練。」

「閉上你滿是鬍渣的嘴！我要回旅館呼呼大睡！還有，不要用這語氣對我說話！」

「對不起，小公主。我只是單純地想請您發發好心『駕馭一下爆裂的情緒』。嘿，石膏板等著我們。」

「什麼石膏板？」

「那些秀場建築物啊。我們全新的演出就在今晚。」

我老是忘記。我們要在一間嶄新歌舞秀場首次登台，它叫做「亞特蘭提克」、或是「巨拱提克」、又或者「奧林匹克」——總之像是一艘大船的名字。有三千個座位，一間美式酒吧，中場休息時有各類餘興節目充斥室內廊道，大廳裡還有一個吉普賽人樂隊……我們將會在隔天的報紙上讀到這一切；對我們其他人來說，新式暖爐的功率太強了，又或者是不夠力，搞得我們在梳妝間裡不斷地咳嗽，榮登頭版新聞絲毫沒能改變什麼。

我走在伯拉格身後，他用手肘在北大街上闢出一條路。街上擠滿工人、小職員，他們和我們一樣要回到各自的工廠。三月辛辣的太陽將落雨蒸出煙，我蓬鬆的頭髮垂貼著後腦勺，彷彿剛從蒸汽浴室出來的模樣。伯拉格的外套，過長，下擺不斷地拍打小腿，每跨出一步就被後腳跟濺起的汙泥給弄髒。看我們演出，一晚上價值十法郎；伯拉格不修邊幅，滿臉鬍渣，而我，總帶著醺然睡意，頂著一頭蘇格蘭長毛獵犬似的髮型……

放任自己讓同伴牽引，半睡半醒之間，我咀嚼著令人寬慰的數字：「彩排定為兩個小時，所以我們預計排練四個半小時……與樂隊一起排練一個半小時或者兩個小時，晚間七點回到旅館，梳洗、晚餐，九點準時回到秀場；休息時間在啤酒屋餐廳喝杯檸檬汽水，十一點四十五分大家都換好服裝……」呃！我的老天，理智一點：再過十個小時，我就能躺在床上了，有權利一直睡到隔天的午餐時間！一張床，一張冰冷的床，整整齊齊，床尾還有個橡膠球，軟軟的墊在腳下好似小獸溫暖的肚皮……

伯拉格向左轉，我也向左轉；他停下，我也停下。

「我的老天！」他叫道，「這怎麼可能！」

醒了，看一眼，這、這怎麼可能……

大量的、裝滿坯土的麻袋擋住去路。一列鷹架遮掩住像是才剛固定好、毛坏一般、蒼白的建築物，同時還有一些泥水匠加緊手腳給裸女像、桂冠以及路易十六的花環打模，黑色的門廊上方傳來榔頭猛烈的敲擊聲、模糊的叫喊、鋸子的尖銳聲音，彷彿整個尼伯龍根*的居民都在此鑄造金指環。

「就是這裡？」

「就是這裡。」

「伯拉格，你確定？」

我接收到一個嚴厲的目光做為回應——只有奧林匹克秀場無先見之明的建築師才應該被瞪一眼吧……

「我的意思是：你確定我們能排練？」

我們排練。似乎很有可能，我們得排練。我們向前邁步，從黑色門廊與黏稠的液態石膏雨下穿過；我們踩跨過一捆捆地毯，人們在上頭敲入釘子，卻在皇家紫紅色上留下

---

*起源於古代北歐的Nibelheim，意為「死人之國」或「霧之國」。中世紀德語稱住在那裡的人為Nibelung（複數：Nibelungen），即生活在「霧之國」的人。傳說貫穿歐洲的萊茵河河底有塊閃閃發光的魔金，如果有人能夠將它鑄成戒指，就會擁有統治世界的力量。

泥巴腳印。我們爬上舞台，上面擺著一架臨時梯子通往藝人們的梳妝間。我們在震耳欲聾的噪音裡驚慌失措，重新回到樂隊席。

三十幾個交響樂手坐立不安。當梆頭敲擊聲平靜下來，我們才能聽到陣陣樂音。指揮台上，一個細瘦的人影，多髮、蓄鬍，擺動著手臂與頭腦，銳利的眼神朝走音的方向射去，貌似祥和的欣喜若狂……

我們在此要演出十五個「戲碼」，頓時讓人惶惑、望而卻步。我們彼此不熟識，卻都心知肚明。有個八法郎的說書人，他才不在乎，說道：「你們想要我幹？從今晚開始，我受聘雇；從今晚開始，我拿工資。」

有位喜劇演員，一付訴訟代理人的狡黠模樣，談論著「權利」同時以為瞥見一場「有意思的官司纏訟」。

還有一個德國家庭——飛人與空中雜技——七個小孩模樣的大力士，神色錯愕、惶恐，已經在擔心可能的失業問題……

還有「古典小歌后」，始終「錯失良機」，總是「給上級惹麻煩」，上個月，在馬賽，「兩萬法郎的珠寶遭竊」的那個！當然，在路上丟失衣箱，還有與旅館老闆娘起「口角」的也是她……

再來，舞台之上，還有一位奇特的矮小男人，飽經風霜，雙頰裂出兩道溝壑般的皺紋，五十來歲的「男高音」，不知會在哪個遙遠的省份終老？他無視於周圍的噪音，反覆排練——一派冷酷無情。

時不時，他舉起雙臂示意中斷交響樂，然後從低音提琴跑向定音鼓，傾身倚在欄杆上。他像一隻兇惡的老鳥，在狂風中搖晃。他歌唱——發出悠遠的、金屬般具破壞性的長嘯——他從記憶深處挖出陳舊過時的曲目，一首接一首，他化身為強盜派德羅（Pédro）、拋棄瑪儂（Manon）的輕佻騎士、或是夜晚在曠野獰笑的傻瓜……他讓我害怕，但倒是讓伯拉格賞心悅目，重溫他漂泊的宿命論。

得益於這場混亂，我的隊友抽著實際上該被禁止的香菸，側耳傾聽著這場「聲樂奇觀」，一位棕髮女士唱出幾個幾乎難以捉摸的低音Mi：「她挺惹人發笑的，不是嗎？她讓我以為我好像是透過長筒望遠鏡在聽她唱歌。」

他的笑聲感染我們四周；不可思議的安慰浮現，瀰漫；我們感覺到夜的降臨，是街燈燃起的時刻，我們真正清醒的時刻，我們的光輝時刻……

★　★　★

「安那金！」那名學者姿態又好爭論的喜劇演員突然叫道。「假如要我們演出，我們就演出；要是不演出，我們就不演出！」

一個舞者的飛躍，他跨到舞台前緣，轉身離開去協助電工。那名「錯失良機」女孩正與七名大力士一起嚼著英國糖……

我的睡意全消，與那名「聲樂奇觀」一起站在某一捆亞麻地氈上抽紙牌。還有一小時的無所事事、無思無慮……

駑鈍又快活，喪失直覺與深謀遠慮的能力，我們絲毫感受不到明天、痛苦、衰老——甚至也感受不到這間新落成「秀場」的破產，一個月後它將吹起熄燈號，而那天正是我們「神聖的發薪日*」！

無精打采的早晨

站在透過玻璃窗灑進猶如冷水的垂直光線前，我們四個人，沒有任何一個看似有魅力。早上九點鐘——對夜貓子而言，仍是清晨。可能嗎？也許，在距此兩公里的地方有一張溫暖的床、一碗冒著熱氣的香片茶……我似乎再也睡不著了。這間練習室，熟知我

---

*法語裡俗稱：La Sainte-Touche

們厭惡的晨間排練行程，將我洗劫一空。

「啊啊啊！……」美麗的貝絲恬大大地打了一個呵欠。

伯拉格對她拋出一個惡意諷刺的目光，接著說：「幹得好！」他一臉蒼白又頹廢；美麗的貝絲恬，曲著背脊、鬆垮垮的，將自己藏在斗蓬大衣裡，眼角下方的粉紅色珠片和失去血色的耳朵，讓她看似憐惜著夥伴以外的其他人。毫無血色又帶著紫青腫鼻的編曲家巴勒斯提耶，喝得醉醺醺，被我們遺忘在警局裡過了一夜。至於我……老天哪！如溝壑陷落的面頰、如乾草拉直的瀏海、血液都懶得流過的皮膚……人們也許認為我們是在展示、誇大我們殘暴愚蠢的不滿。「幹得好！」從伯拉格眼神中透出的這句話，又在我凹陷的雙頰上抽了一鞭。我以「你也和我們是一掛的！」表情回應他。

與其縮短默劇排練進度，我們寧可遊蕩，任思緒飛揚。巴勒斯提耶含糊不清地講述一些或許很好笑的故事，由於他嘴裡叼著熄滅的香菸，摻著話語竟散發出難聞的氣味。室內的火爐發出呼嚕聲但還不夠暖；我們所有人都在窺探那一扇雲母窗，好像凍僵的野人期待那顆燦爛的球體升起……

「我在想，到底是用什麼在生火?」沈思中的巴勒斯提耶冷不防地問了一句。也許是用鐵絲纏繞報紙捲成的薪柴。我知道如何做。我曾在一位老太太家裡學過。那年，我得到音樂學院獎，老太太硬塞給我三法郎，為了能到音樂學院裡跳華爾滋……有時候，我去她家，她對我說：「今天不上音樂課，因為家中的母狗鬧脾氣，鋼琴聲會惹惱牠!」於是她教我製作一些取暖的備用品：使用報紙與鐵絲，也是她教我如何打磨黃銅使其生輝。和她在一起我一刻都沒有浪費。當時，寄人籬下，為求溫飽，我就得修剪、照料貓狗……

編曲家望著雲母窗窗格緬懷起窮苦的青春時代，那時，屬於他的那份天才就像一隻高尚卻飢餓的野獸在他體內深處掙扎。那隻獸是如此鮮活地躍到他面前，他繼續以低沈、拉長的嗓音、饒富趣味的郊區語法講述他那憔悴又空洞的青春。他將雙手放入口袋，顫抖著肩膀打哆嗦……

在這個嚴寒的冬季，我們找不到勇氣，也失去對未來的衝勁。在這骯髒的下雪天，我們的身上既開不出花朵、也點不著火。現時、寒冷、睡眼惺忪、昏昏欲睡，將佝僂又惶恐的我們拋回最屈辱、最悲慘不堪的過去……

「比方說我，」伯拉格突然插話，「求溫飽……不曾經歷過匱乏的人是無法想像的。我還記得，有一段時間，我曾在那間小酒館賒過帳，之後連要求一塊小餅乾都沒辦法……當我吞光手上那杯紅酒，我流下眼淚，心裡想的是，要是有一小塊新鮮的麵包皮沾著酒嚥下該有多好……」

「我也一樣……」貝絲恬接話。「當我還是小女孩的時候，十五、六歲吧，在大清早的舞蹈課上四肢發軟，因為早餐吃得很寒酸。芭蕾舞蹈老師問我是否病了，我害怕說出實話，便回答：『夫人，是因為我的情人，他讓我累壞了！』情人！隨口說的，我哪知道情人是什麼！芭蕾舞蹈老師將手高高舉著，嚷道：『啊！你別將他留在身邊太久，我的孩子，注意儀態端莊！你們的身體究竟是怎麼了？』我所缺少的，不過是一碗美味的熱湯罷了！」

她緩緩地述說，審慎小心，像是費力地撥開記憶。坐著，交叉盤腿，美麗的貝絲恬擺出一個家庭主婦守著熬煮牛肉鍋的姿勢。她的「端莊儀態」與奔放的笑容，像舞台配件一樣被她迅速地甩在一旁……

凍僵的指頭在音階上彈出一段彆扭的和弦，搞得我們全起了雞皮疙瘩。我得改換我這個冬眠動物的姿勢：頭側在肩上、十指交叉、蜷縮起冰冷的雙腳……我並沒有睡著。和我的夥伴一樣，我從一段苦澀的夢境裡回來。飢寒交迫……這該是最單純且全面的折磨，無時無刻席捲而來，不給其他苦痛留下一席之地……它使你無法思索，它取代所有的影像，只留下食物、熱騰騰食物的影像——希望，多虧有它，在光輝的榮耀裡，不至於只剩下填飽肚子而已的小圓麵包……

伯拉格首先站起身。嚴厲的建議、不可免除的辱罵，都一一從他嘴裡跑出來，多麼熟悉的聲音啊。圍繞著高尚姿態的盡是一些不堪的言語！……經過多少次的嘗試與失敗，在這三名默劇演員的臉上，努力遲早會成為一個破碎的面具！用力說話的雙手、時而雄辯的胳膊彷彿彼此突然決裂，讓我們毫無招架地墜落，如殘碎不全的雕像……

他不在乎。目標，難以達成，但並非難以接近。我們的話語愈來愈不緊湊，從我們身上抽離，就像貧瘠礦脈上的那些碎片。比起吟詠亞歷山大的詩篇或是呼應一篇生動的散文，我們被賦予了一個更微妙的課題，我們期待從無聲的對話裡擺脫話語——驚人的挑戰將我們隔離在靜默中，完美的、韻律的、清明的、表達一切驕傲的靜悄悄；除了其他的約束與負荷，這項挑戰唯音樂是從……

旋轉木馬

「十七號梳妝間，是這裡嗎？」

「……」

「非常感謝，夫人。當我們從亮晃晃的室外走進漆黑的室內，首先就是一陣眼花，尤其在這樣的迴廊地帶……照這樣看來，我們的梳妝間是在您的隔壁囉？」

「……」

「說真的，這包廂沒什麼特色，但還不是我見過最糟糕的。哦！您別忙，我搬得動這箱衣物。再說，我丈夫一會兒就過來了。他和總監先生們在一起。夫人，您的梳妝間已經稍微整理過了。啊！這就是您的海報！從車站過來的路上我就已經注意到它了。一張長式的三色海報，挺討好的。那位偵探犬女士就是您。」

「……」

「啊！對不起，我搞錯了……是默劇演員才對。做舉重表演之前，我一樣也是從默劇這行出道的。一想到這個啊！我當時的裝扮是一件縫著口袋的粉紅色小圍裙、一雙薄底便鞋，女僕的模樣罷了。至少，搞默劇這行不會扭傷。手捧著心，指貼於唇，就這樣表現出『我愛你！』接著謝幕……是這樣嗎，嗯？不過我很快就結婚了，在那之前就是拼命地工作！」

「……？」

「沒錯，我做舉重表演。看不出來吧？那是因為我個頭嬌小，大家都被我唬住了。今晚，您等著瞧吧。我們是『伊妲與赫克托』，聽說過嗎？我們從突尼斯*（Tunis）一路北上到馬賽、里昂演出……」

「……！」

「走運？就因為我們在突尼斯連演了十五天？我可一點也不覺得走運；我寧可在馬

---

*北非突尼西亞的首都。一八八一年時突尼西亞成為法國的保護國，直至一九五六年贏得獨立。

賽、里昂、聖艾提安……或是漢堡演出……您瞧，又是一個城市！當然，我不會去多談什麼大都會，像是柏林、維也納這類人們所謂的第一行政中心。」

「……？」

「證明我們見過世面、還知道世界其他地方！您真逗，說著說著還一臉羨慕！談到這些來來去去的旅行，我多麼希望把我的角色讓給您，絕無遺憾！」

「……？」

「並非我受夠了，是我本來就不喜歡旅行。我是一個生性文靜的人。我丈夫，赫克托，他也一樣。然而，我們的演出是一齣雙人戲碼，不是嗎，儘管我們的演出很美、準備周到，我們所期待的就是在同一座城市待上三個星期、一個月：赫克托表演柔軟體操，而我，則是重量秀，然後以一首別出心裁的華爾滋飛輪作結尾……哎——怎麼，您想知道什麼——旅行往返，這就是人生哪……」

「……？」

「無疑地，絕對是突尼斯讓人懷念！我也好奇這是為什麼，因為秀場設施也沒比較稀罕！」

「……！」

「啊！逛城市？認識周遭環境？要是您有這想法……我，我可沒辦法提供您任何資訊；我啥也沒看到。」

「……！」

「喔！我一下在這邊、一會兒又在那邊……算是一座頗具規模的城市。有好多阿拉伯人。也有不少攤商——市集，他們是這麼稱呼——座落在有遮棚的巷弄間；環境繕修不良，層層疊疊，擁擠不堪，裡面還有好多骯髒的地方。這總會激起我的清潔癖，忍不住想替那個地方大掃除一番，扔掉大半人們販售的物品：陳舊不堪的地毯、破陶罐，哎呀，都是一些二手貨罷了。還有那些孩子，夫人！他們到處竄動、席地而坐、半身赤裸！夫人，好看的男子，他們悠閒地散步，幾朵玫瑰、紫羅蘭拿在手裡，或是將它們插在耳際，好像西班牙舞者似的！沒有人能讓他們感到羞愧。」

「……？」

「鄉下嗎？我不知道。大概也和這裡一樣吧。有農作物。要是遇上晴朗天氣，很舒適宜人。」

「……？」

「植物都長得什麼樣子啊？異國情調？啊！對，像蒙地卡羅？沒錯、沒錯，有不少棕櫚樹。還有一些叫不出名字的小花。也有很多薊花。那邊的人，摘採薊花，將花刺除掉，佯裝成白色康乃馨。康乃馨，我才不要，那味道足以讓我的頭疼上一整天。」

「……？」

「不，我並沒有見到其他任何事物……您想知道什麼？我們旅行，但還是得以工作為重。首先，早晨的練習，再來是緩和運動、按摩與梳洗，接著便到了午餐時間……喝咖啡、看報紙，然後開始工作：您以為只有保養身體、維持窈窕曲線，就結束了？不管運動衫與舞台表演服裝？我不能容忍絲毫差錯與任何一點脫線，我就是這樣的人。聖艾提安與突尼斯之間的巡演，我要求準備六件襯衫和六件褲子，如果赫克托沒有告知需要法蘭絨背心，我得備好十一、二件衣物……接著，保持梳妝間的乾淨，整理旅館房間，記帳，趕著去銀行存款。我可是一絲不苟的人。」

「……」

「噯，您不是要跟我談旅行嗎，瞧，布加勒斯特（Bucarest）！從來沒有一個城市如此折磨我。人們重新整修這座秀場；坯土牆面還滲著水。當晚，梳妝間的牆，連著暖氣爐、燈，全都垮下來，猶如一江春水向東流。幸虧我察覺得早，否則，我們的戲服都將覆水難收！從此，每個晚上，一到午夜，就看到我拖著我的兩件亮片裙、表演華爾滋飛輪的裙子，一手各拖著一件，還要拉著立式衣架！然後每天早上九點再將這些衣物帶到現場。您想想，這座城市能給我留下什麼美好回憶！」

「……？」

「饒了我吧，還談什麼旅行！您不可能改變我的看法，我遊歷過，見識了一些國家！世界上所有的城市，都是一樣的！一定會有以下的東西：一、能工作討生活的歌舞秀場；二、能飽餐一頓的慕尼黑式啤酒屋餐廳；三、能夜宿一晚的破爛旅館。當您環遊世界一周後，您就會和我有一樣的想法。此外，補充幾點：到處都有卑鄙無恥的人，要懂得保持距離；人與人的相遇是緣份，要保持高興的心情，就像今天，彼此談吐應對得宜，您想必也是出身自好人家。」

「……！」

「一點也不是！這並非諂媚。再見，夫人，晚上見！等您表演結束後，我很樂意向您介紹我的丈夫，他和我一樣，一定會很高興認識您。」

縫紉間

這是一間坪數不大、位在三樓的梳妝房；乒乒砰砰、活動劇烈的一間閣樓，唯一的窗戶是朝著巷子開。過熱的暖爐將空氣弄得格外乾燥，每當有人開門，樓下的陣陣熱氣便從煙囪管一般的螺旋狀樓梯傳來，來自六十多位臨時女演員紛紜雜沓的氣味……

閣樓裡有五個女配角，各自坐在乾草編織的凳子上，梳妝台與衣架之間用一片灰慘慘的布帘隔著，保護禮服不被弄髒。她們的生活都在裡面，從早晨七點半到午夜二十分；一週兩次在此過夜：凌晨一點半至早晨六點。安妮塔是第一個踏進門的，上氣不接下氣，雙頰冰冷，口唇溼潤。她退了幾步站穩之後說道：

「老天，那裡實在讓人撐不住，真夠噁心反胃！」

她接著調整呼吸，咳了幾聲，啥也不再去想，因為她只有更衣和卸妝的時間……裙子、短襯衫，這些都比那雙手套來的容易脫除，隨便往一個地方掛上就了事。但是慌忙的節奏總有放慢的時候，漫不經心也有出問題的時候；安妮塔將固定帽子的長針取下，再小心翼翼地插回原處，蓋於舊報紙下仔細地保護好，這可憐又奪目的玩意兒是舞台上印第安紅人的皇冠、是弗里吉亞無邊軟帽也是沙拉菜葉。脂粉因流蘇搖擺飄飛在空氣中——眾所周知！這是天鵝絨和羽毛之祭……

薇爾遜，第二女配角，一副失神、沒睡飽的樣子走進來：

「喂……真該死！我要跟你說……我在路上將它吃掉了。」

她順手將帽子脫下，然後撩起額前一綹金髮，金髮後方藏著一道尚未痊癒的疤痕，說道：

「你無法想像這道傷口是如何把我的頭搞得疼的要命……」

「幹得好，」安妮塔乾乾地打斷對話。「『頭殼』一旦在舞台佈景上撞出包，那些令人作嘔的總監們只會給你們兩塊錢的酒精冷敷，作為回報——這補償還不值一趟四十塊錢的馬車，甚至一百塊診療費！當人家連著八天近乎垂死般動彈不得，誰還有自尊去告團長的狀，我們能對誰抱怨，只有閉嘴的份！啊！要換做是我……」

薇爾遜不搭話，歪著臉，忙著將黏在傷口上的一根金色頭髮撥開。再者，根本沒必要去答理安妮塔的話；她天生暴躁、無政府主義者、隨時都準備要「按鈴控告」或「投訴媒體」。

同一時間，走進來身材矮小渾圓，前凸後翹，帶點「扮裝癖風格」的雷吉娜．泰良，與因一頭棕髮而自以為是義大利女人的瑪莉亞．安柯娜，以及平庸、瘦小如貓，看起來有些做作，有些靦腆的加爾辛。

她們相見如此頻繁；彼此不打招呼。除了負責一部份塔朗泰拉舞蹈*的瑪莉亞．安柯娜，她們呆板乏味地伴舞，不互為競爭對手。小加爾辛羨慕的並非是瑪莉亞．安柯娜扮演的「角色」，而是她那仿狐狸毛的嶄新圍脖。她們彼此也非知心朋友，但還是能相互慰藉，緊密地擠在這間窄小的閣樓裡，一種動物性的滿足，一種作為俘虜的愉悅。瑪

*源於義大利南方的一種舞蹈。隨著鈴鼓、吉他、小提琴的節奏，不可抗拒地舞蹈至通宵恍惚。

莉亞·安柯娜哼著歌，一邊拆解她用安全別針固定住的吊帶和鬆開的緊身胸衣。她笑看著腋下蹦裂的襯衣，對正在展示出自賢慧女僕之手、堅固人字布紋胸衣的雷吉娜·泰良反駁道：

「親愛的，你想怎麼樣，我就是有藝術家脾氣！再說，你覺得我身著薄衫，能搭配這件破爛鍍鋅馬甲！」

「學我這樣，慢慢地將小加爾辛滑進去，連穿襯衣都不必了。」

小加爾辛穿著一件鑲金掛珠的網狀襯褲，兩個金屬墊圈卡在她的喉部。珍珠墜飾的銳利邊緣、鋒利的銅切面、叮噹作響的鏈條，這些都會在不經意間刮傷人，而她卻一點也不小心；她乾癟的裸體彷彿麻木不仁。

「就是這樣，」安妮塔叫道，「團長才不會提供我們舞台演出的襯衣！你們也真是傻，不會伸張自身權益！」

她轉身朝向她的同伴，臉上的妝畫了一半：一副帶著紅框眼鏡的白色面具，好似波里尼西亞兇猛的戰士。她一邊宣揚鼓吹，一邊將積著陳垢的破布往頭上綁——這些數不清的「假髮絲巾」是用來保護頭髮不被舞台假髮上的潤髮油弄髒。

「就像我『頭殼頂上』這塊破布，」安妮塔接著說，「好，就算你們覺得它噁心，我—是—不—會—換—掉—的！團長應該給我一條，或許也是髒兮兮的，但我才不要換！這是我的權益，我只認得這個！」

她無政府主義者的憤怒，嚷嚷的一切，事實上大家都無動於衷，連受傷的小薇爾遜也只是聳了聳肩。

時間推移；乾燥得讓人無法呼吸的空氣更加劇寢室暖暖的潮味。不時，一位女服裝師竄進梳妝間，游移其中，夾扣、結綁絲帶、纏束希臘式涼鞋。雷吉娜．泰良與薇爾遜已匆忙地跑上跑下，手裡握著戟，競技場上的道具，準備一場文藝復興巡遊。安妮塔在瑪莉亞．安柯娜後方催促著，因為從樓梯間傳來一陣叫喚：「表演塔朗泰拉舞蹈的女士們，需要我去請她們嗎？」

無性別感的小加爾辛獨自一人在小閣樓裡，等到「拜占庭宴會」才上場。她從她骯髒的小手提包裡取出針箍、剪刀、做了一半的針線活，棲宿在草編凳子上，開始縫縫補補，貪婪地專注……

「喔！」氣喘吁吁回來的瑪莉亞．安柯娜呼道，「她已經舒舒服服地坐在這兒了！」

「那是當然！」安妮塔酸酸地補上一句。「就憑她打卡上台的次數！」

樓梯間一陣奔跑聲，遠遠傳來示意活報劇*第一幕落幕的鈴響，帶回總是失神、前額傷口依舊隱隱作痛的薇爾遜以及頂著粗俗紅色假髮的雷吉娜．泰良。幕間的「休兵」，與其說放鬆，卻更讓人興奮。兩截式運動衫、那卜勒斯式的短裙隨手甩、到處飛，換上浴袍、披上沾了胭脂紅妝的和服。裸足，格外靦腆，在寫字板底下，踩著難看的舊拖鞋，輕觸試探；白裡透紅的雙手，過分仔細地將疊摺的布藝、零碎的蕾絲花邊攤開……有人朝瑪莉亞．安柯娜那件不完整的「連身衣」欠身；一件可憐妓女的無恥輕薄衣裳，透明，

---

*法文寫做：La revue。諷刺時事的滑稽劇，有「活的報刊」之意，通常演出篇幅短小。

以及粗糙的針線活。小加爾辛耐心地摺著亞麻布，雷吉娜正在「浪費時間」給手帕加邊飾！

她們五個各自坐在草編高腳凳上，乖巧又忙碌，彷彿終於達到她們一天的真正目的。她們還有半小時的空檔。在這三十分鐘的消遣裡，她們像是與世隔絕的少女，天真地做著針線活。她們突然全都安靜下來，像是被魔法安撫了。愛嚷嚷的安妮塔不再去想她那些「權益」，神祕地對著一條鑲有紅色邊飾的桌布暗自發笑……不顧敞開的浴袍，翹著腳，面容煥發著張狂的緋紅，她們全神貫注地埋首幹活。著珍珠襯褲的小加爾辛，隨著口中不自主哼唱的兒歌節奏運針……

早晨

「你瞧見了嗎？那些坐在馬車上的人，或是小型四輪馬車包廂裡的人？看到了嗎，那些只穿襯衫、站在門外台階上的人？還有那些咖啡雅座上的人們？呃，全部都是上午沒有演出的人。你有聽見我說話嗎？」

「……管他去。」

「你、你上午有演出。」

「……少煩我了，伯拉格！」

「我、我上午有演出。我們早上要演出……星期天和星期四也是，我們的早晨滿是……」

為此，要是能舉起手臂，我也許會賞他一巴掌。他繼續說，表情冷酷：

「還有不在場的那些人，以及昨晚逃到鄉下星期一才回來的那些人。他們不是躲在葉子堆裡就是泡在馬恩河（La Marne）中……總之，他們做他們愛做的事，畢竟……他們早上不用演出！」

我們的計程車猛然停下，乾燥的風吹過，我們死灰的臉晾在酷熱之中。透過那單薄的鞋底，我感受到路面上的熱氣。我那位嚴厲的夥伴閉上嘴，不發一語，像是在說：「事態嚴重。」

藝人專屬的出入口，黑暗、窄小，散發出一股新鮮的霉味。守門人，坐著，在打瞌睡，直到我們經過才醒過來，揮舞著一張報紙說：

「三十六度喲！」

他向我們拋出這句話，驚懼又自豪，彷彿報導著某個大災難的死亡數字。我們悄悄地走過去，謹言慎行，再者，我們嫉妒這位看守我們地獄入口的老人，待在一個陰涼的天堂，聞著地窖與氨水的氣味……然而，三十六度，這意味著什麼？三十六，或者三千六，都是整數。上二樓，那裡沒有溫度計。是在聖-賈克（Saint-Jacques）塔頂上測到三十六度的嗎？我們這邊呢，早上的溫度又是多少？我的更衣室，兩扇豪華窗戶迎著中午直射的太陽又沒有百葉窗，將會是幾度？

「不妙！」伯拉格走進屋裡時嘆道。「在這裡溫度肯定會該死地『高於一般標準』！」

沮喪的神情，遑論求饒，我的兩片窗正吻著豔陽；我索然無味地脫去外套，我的皮膚不帶任何希望，幾個月之前，在窗與門之間，冷颼颼的空氣還曾凍著我赤裸的肩……

一陣怪異的寂靜佈滿我們的單人小室。我對門的那間，敞開的門讓我看見兩個坐姿男子的背，披著弄髒的浴袍倚在梳妝台旁，不發一語。上方的電燈泡燒灼著他們，在三點鐘的陽光照射下，呈現淡粉紅顏色，貧血的顏色。

一聲鋼琴高音，一個具有穿透力的尖叫描繪出劇場的縱深輪廓：所以，此刻，舞台上有一名穿著「落落長」緊身馬甲禮服的女演唱家，正在對不存在的觀眾展現一個完美的職業笑容，唱出尖銳的 Si，盡讓人聯想到一切澀口、酸溜溜的東西，撥了皮的檸檬、半熟的黑醋栗……

好個與我有所共鳴的求饒從隔壁傳來！悲慘的哀求幾近嗚咽抽蓄……肯定是那名因為腸胃炎發燒不退的孩子；這可真是愚蠢至極的「輪唱」。但願可怕的高燒退去，冰鎮苦艾酒助他恢復元氣……

混濁的一灘油，發出老汽油的臭氣：是我的凡士林，它面目全非。原本半透明的膏狀物，成了一堆令人不安的黃色奶油。罐子裡的紅色液化物，正如廚子們所說的，可以用來做成甜點「覆盆子淋蜜桃」……

不知何故，我還在抹這彩色油膏與撲粉。總之，表演默劇之前，我有的是時間沈思。在太陽的照射下，海棠紅和牽牛花的紫色以及暗藍色在我臉上交替閃耀……但是，扭擺、行走、舞動與模仿的氣力要從哪裡獲得呢？

太陽稍稍移動了，離開其中一扇大開的窗子；扶手桿仍舊燒灼著我的掌心，死巷飄著敗壞的哈蜜瓜與小溪乾涸的氣味……兩名戴假髮的女士將椅子擺到馬路中間坐著，仰著頭朝向粉藍色的天，好似遭人們溺死的牲畜……

一個遲疑的步伐爬上樓梯；我轉身望向樓梯間，看見冒出一位穿著印第安紅人裝束的苗條女舞者：即便撲了脂粉，她還是很蒼白，與太陽穴上流著染黑的汗水形成對比。我們迎面而視，不發一語；接著她朝我舉起鑲邊禮服的下襬，其上沈甸甸的珠飾，綁滿皮繩、金屬片還有珍珠，一邊喃喃自語往她的更衣室走去：「這少說也有十八磅重！」

催促我們上台的鈴響打破僅有的安靜。我在樓梯上遇到裸著上身默默無語的機械技師、著安達魯西亞長裙的配角演員們穿過壁爐邊而沒有任何招呼，只有惡狠狠地朝上方的鏡子瞪了一眼。伯拉格，在他的黑色短外套和長褲裙裡受盡折磨，還吹著口哨，自豪「不像其他人一樣活該！」一位高大的男孩，渾圓的像個橡木桶，一身小酒館老闆的打扮，奄奄一息的樣子讓我害怕：萬一他死在舞台上該如何是好……

然而，來自紀律，來自音樂節奏，來自孩子氣自尊的神祕力量以及美而健的高尚將我們舉起來，引領我們方向……真的，我們習以為常地演出！觀眾，拜倒在無光的席間，對看不見的事一無所知：上氣不接下氣的喘息乾了我們的肺、禮服上遭水淹而發霉的絲帶、我上唇上方的汗毛因沾了粉塵成了難看的男性化鬍渣；他們無法看見他們最愛的喜劇演員筋疲力盡的臉龐、失神與煩惱的目光；尤其，他們怎麼也猜不到，我僅能靠汗溼的雙手、臂膀、面頰、頸子來演繹相遇與對話，是有多麼崩潰！溼漉漉的袖子、黏答答的頭髮、用柔軟的海綿當手巾……而我自己……

落幕，我們速速散去，彷彿為此感到羞愧，如同忿忿又可憐的獸群……我們迫不及待往大街上奔去，呼吸那乾燥又塵土飛揚的夜晚，朝著已經高掛天際、燦爛、暖和的月亮所撒下的沁涼錯覺大吸一口氣……

飢餓

在我們巡演隊帶來的那齣戲裡，他演第一幕裡的尋歡作樂者；紅麻色的假髮和一件白色圍裙、在第三幕中扮演餐廳小弟。

清晨或夜晚，當大夥趕火車的時候——巡演隊也真夠苦的：三十六天要奔波三十六座城市——他總是遲到，總是氣喘吁吁地飛奔而來，於是我對他的認識就只有在夾克裡奔跑擺動的削瘦身影。舞台監督和巡演隊的同伴全都揮著手朝他喊：

「快呀！岡薩雷斯，我的老天！有一天你真的會趕不上火車！」

似乎有神風相助，他將自己拋進入口大開的第二節車廂，我還是來不及看清楚他的臉。

僅僅那一天，在尼姆車站，我嚷嚷著：「有風信子的香味！怎麼會有風信子的味道呢？」他微微顫顫地向我舉起一把稀疏含苞的花束。

從那天起，我便開始注意他，和其他人一樣，當他又遲到的時候，我也揮手齊聲喊著：「快呀，岡薩雷斯！我的老天！」就這樣，我清楚地認識他的臉。

一張可憐的臉，映著某種憂慮的蒼白，還以為是粉底滲入他的皮膚。面頰凹陷、顴骨凸出，濃密的眉毛、薄薄的嘴唇、倔強的下巴……

為什麼他總是離不開那件長垮垮的夾克？肩膀處早已被經年累月的日照雨淋搞得褪色發黃。不經意地看了一眼他那雙鞋，我才明白。當天他穿著一雙令人不敢恭維的鞋：曾經打蠟上光，卻是旅館隨便提供的灰蠟，如今佈滿裂紋。鞋子的事又使我想到他寬大蓬鬆的神奇褲子；想到他襯衫上的活硬領，幸好不太顯眼，下方結著一條別緻的黑色三結領帶。

棉紗手套，其上反覆的補丁，讓我看到的並非是這名小演員身上年輕波西米亞的「不在乎主義」，相反的，是悲慘。正是這份朝不保夕的悲慘，我又再一次自問：什麼時候我才能遠離？這些都是在看著他喘吁吁跑來的時候我所想到的。我觀察到他從來不抽菸、沒有雨傘、手提包像是一條破抹布；我也注意到，他總是小心翼翼地留意我，將我買來、棄置不再閱讀的報紙撿走……

他關心我，對我真誠地微笑與握手：纖瘦卻溫暖的手；謹慎的直覺提醒他，盡可能地不存在、消失。他從來不和我們一起到車站食堂午餐，而我也不記得見過他與大夥出現在「全部一點五法郎」餐廳……在泰拉斯拱（Tarascon），當我們狼吞虎嚥著橄欖油煎蛋、溫冷的牛肉與白切雞肉的時候，他就這樣消失無蹤。他在我們喝著有黃楊木怪味咖啡的時候回到我們身邊；他顯得骨瘦嶙峋、快活、輕盈——「我去看了一下周遭環境」——嘴裡啣著一朵康乃馨，而在他的上衣摺皺處點綴著牛角麵包的碎屑。

我想著這個男孩；我還不敢向舞台總監問起他的身世。我對他設了一個陷阱，傻氣地問到：

「岡薩雷斯，您也來杯咖啡吧？」

「謝謝；我不能喝咖啡。興奮、神經緊張，您也知道……」

「您真不給面子，今天由我請客；您不會是唯一的拒絕者吧？」

「恭敬不如從命！」

在露德（Lourdes）車站，我買了兩打熱小香腸：

「來吧，孩子們！別讓它冷掉了！岡薩雷斯，快點喲！不然您又要錯過了！夾走這兩塊，等歐特弗耶來了就都沒了；他已經夠肥了！」

我看著他暗自地吃著，好像在等待某個動作、某個貪饞的嘆息，洩漏心滿意足填飽飢腸……最後我決定不經意地向我們的舞台總監發問：

「馬汀諾到底能賺多少啊？那……岡薩雷斯呢？」

「馬汀諾能賺十五法郎，因為他在開場時演出而且又是大型劇；岡薩雷斯則是一晚十二法郎。我們的巡演隊稱不上大公爵排場。」

十二法郎……待我來替他算一算。他睡在一個晚上一塊五或兩法郎的閣樓。十生丁*當小費——一杯成問題的咖啡歐蕾——一天兩餐，開銷二塊五法郎……再加上每天三十生丁的交通費，還有這位紳士衣扣上每天綻放的花！呃，這麼看來……他還過得去啊，這位小演員，生活可以過得不差啊……就在今晚中場休息的時候，我保持鎮定，和他握手，彷彿他剛剛繼承一筆遺產似的！受到陰影和臉上彩妝的鼓舞，他發出急切的歡呼：

「快過完了，嗯？已經過了十三天了！啊……永遠巡迴不完的表演，多麼令人嚮往啊！」

「您對職業演員這行如此充滿熱情！」

他聳了聳肩。

「職業、職業……當然，我喜歡表演，但是我也見識了其中的困苦……再說，

---

*一七九五年，法郎開始作 標準貨幣在法國流通。一法郎等於一百生丁（centimes），含五克成色百分之九十的白銀。

三十三天，有點短……」

「怎麼說？短？」

「對於我想做的事而言太短！聽著……」

他突然坐近到我身旁，坐在一張佈滿灰塵的花園長椅上；花園有待第四幕戲來植栽。他開始說，像是患了狂熱病般地一直講：

「聽著……我能對您說，是吧？您曾經親切地對待我……總之，對我來說您是友善的夥伴……我必須帶回兩百二十法郎。」

「回去哪？」

「回巴黎，假如我要溫飽……接下來幾個月還有往後的日子。我無法從頭開始曾經承受過的一切，我賠上了健康。」

「您是生病了？」

「生病！您想這樣理解也行……窮光蛋，真是該死的一場大病……」

一個專業俐落的動作，他用兩根食指按壓在脫落的假鬍子上，轉過描著藍色眼影的目光說：

「這也沒什麼好慚愧的……我是傻瓜，為了搞劇場，我離開當裝訂工人的父親，有兩年了。然而，我父親詛咒我……」

「怎麼說？您父親對您……」

「……他唱衰我，」岡薩雷斯用一種劇場式的單純反覆說著。「詛咒就是詛咒哇！我在哥布朗劇團找到一份工作。從此我便過著三餐不繼的日子。夏天來臨，身無分文……我曾經靠著我一位嬸嬸給的二十五法郎撐過了半年」

「我的老天！可憐的小夥子！二十五法郎！您是怎麼辦到的？」

他笑，有點瘋狂，看著前方說：

「我不知道。累壞了，我記不得了。我想不起來。好像是記憶裡有一片空洞。我記得我有一套西裝、一件襯衫、一個衣領……沒有其他可以更換的衣物……剩下的，我都忘了。」

他沈默了好一段時間，小心翼翼地伸展小腿，在膝蓋處調整他那件憋腳的長褲……

「然後，我一連好幾個星期都在『幻想－巴黎』、『上流喜劇』秀場演出……非常辛苦。必須有一個我已經失去的堅強的胃……我們的報酬實在微不足道……我既沒名氣又沒好看的戲服，劇場之外也沒有一份正職、沒有積蓄……我並不認為自己是老骨頭！」

他繼續笑，一盞剛被點亮的燈照著他消瘦的頭顱，顴頰堅硬嚴酷，黑眼圈，笑開的嘴，彷彿這獰笑要將他薄薄的嘴唇吞下。

「嗳，不是嗎，我得帶回兩百二十法郎。用這兩百二十法郎，最低的開銷，我肯定可以渡過兩個月。這場巡迴演出對我而言是像中了大獎！我這些故事讓您感到很無聊吧？」

我還沒來得及答話，換場鈴聲已經在我們頭上響起，而岡薩雷斯，無可救藥的遲到者，用一種枯葉的輕盈、舞者的優雅以及骨瘦如柴的可怖舞姿，朝他的更衣室飛奔而去……

愛情

她有一頭金髮、年輕、苗條，又有一雙藍眼睛，完全符合我們所期待「英國小舞者」的條件。她會說一點法語；講法語的時候她的聲音就像一隻年輕、精力旺盛的鴨子；倘若碰上拗口的字詞，她耗費力氣咬字，弄得面紅耳赤。

當她離開和同伴共用的梳妝間——就在我的隔壁——她下樓朝舞台走去，美妝、衣冠，我無法從其他女孩當中認出她，因為她在如此應景的場合，扮演刻板印象中可人的英國女孩兒，失去了個人特色。第一個女孩下樓，接著第二個、第三個，直到第九個，都對我拋出相同的微笑、相同的點頭，晃動著同樣一綹紅粉金髮。九張臉搽著同樣的脂粉，眼睛四周精緻地抹上紫色眼影，眼睫毛上戴著沈甸甸的加長型水鑽假睫毛，以至於我們望不透秋波神采。

然而，午夜一刻，當她們離開舞台，用毛巾的一角擦拭臉頰，抹上自製的美容粉，依舊骨碌碌的大眼；或者下午一點，當她們前來排練的時候，我立刻就認出小葛洛莉亞：貨真價實的金髮碧眼姑娘，頭上梳著兩個卷髮髮髻，用黑色絲絨帶綁著，藏在她那頂舊帽子底下，彷彿一隻住在破敗窩裡的鳥。浮凸的上唇露出隱約兩顆門牙：休息的時候，還以為她嘴裡含著一顆非常潔白的糖衣杏仁。

我不知道為什麼會特別注意她。她其實也沒黛西漂亮。黛西像是個魔鬼附身的棕髮女孩，總是哭哭啼啼不然就是怒髮衝冠，跳起舞來像妖怪，再不然就是蜷縮在台階上用極壞的英文字眼唾罵著。葛洛莉亞也沒有虛偽的艾蒂絲討喜。艾蒂絲用她誇張的口音惹人發笑，做出非常荒謬的行為，天真地大聲講法語，讓人以為她什麼都懂……

畢竟，對葛洛莉亞來說，這是她第一次在法國演出，也許是這個原因引起我的注意。她不引人注意的親切，讓人感動。她從來不會稱呼芭蕾舞蹈老師是「該死的傻瓜」，而她的名字也不會出現在懲罰名單上。上下樓的時候和大夥一樣，她歡呼、她嚷嚷，因為在這個女孩表演隊伍裡，介於晚間九點到午夜，需要換裝四次，難說不在往返之間發出一點野蠻人的吆喝或是紊亂的哼唱。葛洛莉亞用她那滑稽的假音捲入這個不可避免的喧鬧，就連在與我僅一活動木門之隔的梳妝間裡，她依然如此嬉嬉唱唱。

這些流浪女伶讓這間長方形的閣樓儼然成了江湖賣藝人的營房。黑色、紅色的眉筆在梳妝台上滾動，梳妝台上覆蓋著一張包裝紙，上頭還有一條破毛巾。要是一陣風吹過，牆上僅用大頭針釘得歪歪斜斜的明信片也許會飛走。腮紅粉盒、Leichner 牌的化妝筆、羊毛粉撲，統統都擠成一團被擱在一旁；女孩兒們兩個月後將離開此地，屆時只會有最

L' Envers du Music-Hall

少的痕跡留下，就像流浪吉普賽人停駐過的地方，僅有一圈焦草與灰燼可循。

★　★　★

「…k you！」葛洛莉亞用一種崇高的聲音說道。

「我很榮幸。」我們的同伴馬塞爾禮貌地回應。目前他是男高音，但是接下來幾個月，他也可能去跳舞，也有能耐在哥布朗劇團演出悲劇，或是在蒙魯（Montrouge）的秀場表演活報劇。

馬塞爾一副不經意的樣子在樓梯間等著，等著一窩蜂洶湧而來的girls。像是不經意，葛洛莉亞走在最後面，躊躇了一會兒，用笨手笨腳卻又優雅的姿態在糖果袋裡翻找，然後遞給我們這位男同伴一些糖果蜜餞。

我監看這場緩慢的、純樸溫柔的愛情。他年輕、削瘦、熱情，堅決不要「窮得沒飯吃」，儘管他一身皺皺的穿著，衣領上裝飾著一朵人造鈴蘭，他看起來仍像一個體面的狡猾工人。但是葛洛莉亞的外國女孩行徑還是讓他感到張惶失措。他有一個女朋友，一個歌舞秀場的「巴黎」女子，他應該要定心了，應該吧，也可能行不通……但是這位「英國」女孩，他不知道該如何擄獲她的心……她從舞台上回到樓梯，頭髮蓬亂又聒噪，倉促地解開胸衣上的鉤子，但這不妨礙他接受一顆糖果並且還莊重地以一聲「…k you」道謝之，彷彿對方是有穿什麼拘謹的禮服打扮似的。

他喜歡她。她挑逗他。有幾次，他聳聳肩望著她遠離，但是我明白他嘲笑的是他自己。那天，他在葛洛莉亞隨手拋開的大帽子裡放了半打桔子，然後這群金髮碧眼的野蠻土匪帶著要命的尖叫、笑聲、指甲一湧而上……

漫長的調情搞得這位見異思遷的小法國人不耐煩，葛洛莉亞反倒在一旁得意。她慢慢地被感動，像一個多愁善感的小女孩。她用英國口音呼喚馬塞爾的名字：「麻斯爾*」然後遞給他一張照相明信片——哦，才不是那種搖籃裡的嬰兒，或是街頭流浪兒這類明信片——是最美的一張，上面就是葛洛莉亞的肖像，中世紀仕女風，戴著圓錐形女高帽，華麗極了！

無法彼此閑聊並不會對兩人造成困擾。男孩，懂得隨機應變，佯裝殷勤渴望、卑躬屈膝。我看見他親吻一隻不害臊的纖纖玉手，但是，暗地裡，他注視、端詳葛洛莉亞，彷彿他在瞄準將要侵吻的地帶。她，躲在梳妝間的門後，歌唱並故意讓他聽到有他的名字：「麻斯爾！」就像是對他拋出一朵花……

總之，一切安好。甚至，太好了……這段近乎默默無語的純樸愛情，宛如一齣默劇。沒有音樂，僅有葛洛莉亞情感洋溢的聲音叫喚著：「麻斯爾！」愛情曖昧著……就在幾聲響亮、愉悅、帶鼻音的「麻斯爾！」之後，我聽見幾聲舒緩、嬌嗔、親熱、挑剔的「麻斯爾！」。然後，某日，一聲「麻斯爾！」，如此驚惶不堪、如此委頓不振，近乎哀求……

---

*將原來 Marcel 發音成 Mâss'l

……今夜，我又聽見，我想這將是最後一次了。因為，在樓梯最高處，我遇到孤零的小葛洛莉亞獨自瑟縮在最後一級階梯上，假髮歪在一旁，低聲下氣地哭花了臉上的妝，反覆地呢喃著：「**麻斯爾……**」

女勞動者

「下腰！艾蓮，九十度下腰！你已經兩次跳舞時用手打到頭！我的女孩，我跟你說：拱起手臂，高舉於頭頂上，像是頂著一個竹簍子那樣！」

艾蓮僅以怒目而視作為回應，修正原來的鶴立式舞蹈練習姿態。她在練舞室的地板上再次向前奔跑；練舞室上光的地板磨損嚴重，不是被手杖就是被高跟鞋鞋跟蹂躪；她心念一轉，呼喊道：

「羅伯特，您還在那裡嗎？」

「當然……」門後一個柔順的聲音回答道。

「您能替我開車去一趟皮衣商那兒，跟他說我明天才過去，行嗎？」

沒有答案；但是我聽見門桿轉動的聲音，接著前門重新被關上：羅伯特出去了。

「沒什麼好可惜的！」艾蓮用一種軟化的語氣嘆道。「看到他在一旁無所事事就為了等我，這真讓我厭煩……」

一星期兩次，我會在艾蓮·葛洛美的舞蹈課快結束時見到她；她的工作時段是四點到五點，我的則是在她之後。她用一種身為同一個工廠職員、同事的態度對待我——要明白我們彼此很少談天，但是真的，有時候她會坦率地向淋浴室服務生或按摩師訴說自己的事。

艾蓮並不是一名舞者——她是一個「跳舞的小婦人」。上一季，她開始在秀場工作，第一次嘗試在活報劇裡演出，她便對台下觀眾「放送」兩個猥褻的段子，繼續滔滔不絕，沒有一點故作矜持的狡猾模樣，直率的眼神，全新的嗓音，笨拙又大膽，加上幾分咄咄逼人的天真討人高興。認真的感情承諾，讓她有一個同樣認真的「男朋友」，兩台汽車，項鍊與貂皮大衣——所有的好運都落到艾蓮身上——她那堅強的小腦袋並沒有因此而天旋地轉。她以身為一位「女勞動者」自豪，同時保留她俗氣的女工名字。

「您認為我有必要改名嗎？一個簡單但不見得悅耳的名字，它會讓您被放在更好的分類裡……比如，芭黛和波當！」

人人都有其精彩華麗的出場。震耳欲聾的汽車聲響，預示她的到來，接著她出現，裹著一身白色貂皮大衣和天鵝絨質感的織品，帽上頂著一朵搖搖顫顫的雲狀羽飾。臉上畫了一個算計過度的好妝，白粉、腮紅，讓她的青春面貌顯得平庸。藍色的眼皮上黏著雙層沈甸甸的假睫毛，直挺挺地染上黑色睫毛膏，編貝皓齒在畫了紫妝的唇襯托下更顯耀眼。

「我很清楚自己到了擺脫這些齷齪胭脂的年紀，」艾蓮向我解釋道。「但這也是平時梳妝的一部份哪，再說，這是有用的。我註定要一輩子化妝，您明白嗎。當我再老二十歲，我肯定無法再畫任何妝了。在這個假象後面，我可以承受病奄奄、和一雙青腫的眼——很容易，不過是喬裝掩飾罷了。我啊，您要知道，我做任何事都是有原因的。」

這名講求實用效益的年輕女孩讓我錯愕。她把她的學習當作是在喝魚肝油，有意識地，一飲而盡。此外，看著她工作、勞動挺取悅人的：身段柔軟、雙腿完美的平衡感。她長得漂亮、青春動人。那麼，還缺少什麼嗎？還缺少……

「微笑，艾蓮！微笑！」芭蕾舞蹈老師喝斥道。「不要一副收銀員的臭臉。我的孩子，你這樣看起來不像是會跳舞！」

嘴角上揚，像一個牛角可頌，露出一排白牙；這位寬臉、酒糟鼻的前舞者對艾蓮的指導完全無效。反倒是我笑了：看到她前方那名有一點嚴肅的學生，眉頭深鎖。

這名奮發的孩子、無動於衷的小蜜蜂，究竟在想什麼？她經常說：「一旦人們想要達到……」達到，達到哪？當她看似透視牆面、透視我、透視她那位年輕「男朋友」的前額，究竟是哪個懸浮的蜃景牽引著她的視線？

她緊繃，焦躁不安，她追求一個隱而不為人知的目標。榮耀？呃……妄想榮耀的女孩們肯定經常將這個詞掛在嘴邊，但我卻從來不曾聽聞艾蓮．葛洛美希望演出重要角色，也不曾聽她斷然說出：「當我演出西蒙一家人的時候……」此類充滿抱負的言論。她追求的不過是金錢罷了。結束一堂暖呼呼的課程，像今天這樣，疲勞爬滿全身，在艾蓮身上我看到她的堅強與對攢錢的熱衷。

她疲累卻帶著心滿意足的優雅，甚至是高興，宛如剛拋下重擔的洗衣婦。她和我一起坐在長椅上，身上僅披著一件單薄潮溼的襯衫和一條絲質內褲。她翹著腳，不發一語，肩膀一斜，露出赤裸的胳膊。暮光照在她的黑長卷髮上透出深沈的藍光……

我想像，在某處，一間陋室裡，艾蓮的母親此時正從洗衣浮橋回來，也是如此晾著紅慘慘的胳臂，艾蓮的某個兄弟姊妹也正從工作室或是惡臭的辦公室離開。他們同樣兢兢業業、欠著身子，像艾蓮一樣，暫時性地疲軟。

她稍作休息，隨後便拿起大粉撲與胭脂棉棒「重新」上妝。帶者幾分休眠動物般的放心，她讓我看褪了妝的臉，褐色的面頰，一般人所不知道的琥珀色和一點兒粗糙。一會兒，過多的脂粉將掩飾掉她尖銳、高挺、幾近貪婪的鼻子曲線……

羅伯特的歸來讓她精神抖擻，馬上採取自衛姿態。畢竟是一位還稱得上謙卑的金髮少年殷勤地服侍著她、替她打理服裝。他將閃亮的鞋扣繫牢、胸衣的粉紅色束帶綁緊……無須過分強求就是一對甜蜜的小倆口……

我發現她並不討厭他，但我也不覺得她愛著他。她對他連一點卑劣的關心也沒有。當她和他一起離開時，她帶著侵略性的神情打量他，宛如又是一場教訓。然而，有時候，我禁不住想捉住這名貪婪孩子的手，對她說：「啊呀，艾蓮……你的愛呢？到哪兒去了……」

子夜過後

「好暖和啊！」

小舞者摩擦著被妝彩得五顏六色、起雞皮疙瘩的瘦弱上臂取暖，然後深吸一口餐館內的乾熱空氣，似乎能振奮精神。

大廳的正中央，光滑的亞麻油氈地板上，人們已經成雙成對地在轉圈跳舞：一位帶著蕾絲軟帽來自科考斯（Caux）的婦人、一位披著紅色圍巾的輕佻女子、埃及舞女、一名用英格蘭絲帶綁著卷髮的嬰兒。該餐廳就位在利維拉秀場旁，雇有數十名舞者與等量的歌手。

瘦小的慕德從表演英式快舞的「淘金熱」秀場過來。她迎著冷風匆忙趕來，為的就是要在午夜到清晨六點之間在「好人家」餐館多賺那十五法郎。

斜靠在牆邊，她微微地將膝蓋彎起，約略地估計她一天的跳舞時數：白天、晚上在

「淘金熱」跳舞，接著又來這裡飛舞直到清晨，一共七個小時的旋轉與從容優雅的走秀步態，這還不算換裝、再換裝、上妝、又卸妝的時間呢。當她趕來時一定是相當飢餓了；在「藝人」的更衣室裡，她大口嚥下一杯啤酒，頓失胃口。

「好極了，」她心忖，「可別把自己給養肥了……」

慕德因其有稜有角的纖瘦感贏得歡迎，加上她有一頭金色頭髮，兩肘總是紅通通的，以及一個醉鬼般滑稽的小鼻子，人們總將她當成英國人。當人們牽著她那因白色洗劑龜裂的手指說出一些輕佻的話語，她便輕甩頭上紮的兩束女學生髮結，掩面，學會放蕩地微微一笑。私底下，她和大部分其他人一樣，也不過就是一名歌舞雜耍咖啡館（caf' conc'）舞孃，工作過度、無害、不賣弄風騷，離開一間旅館接著登上一節車廂，從一個車站來到下一間歌舞秀場，經年累月受到飢餓、睡眠不足、為明日操心而痛苦翻騰……

此時，她像一名百貨公司的專櫃小姐，站著休息，卻因為緊身褲在大拇指處破了一個洞而惱火。

「一百塊的縫補費……」

她用一隻漫不經心的手將原是薄荷綠卻褪色成葉黃色的迷你裙緞面下襬弄平。

「染色，又得花去十法郎……去你的！這下可好了，今夜白做工了！如果化妝晚會那天那位喝得醉醺醺的夫人今晚出現，願她錯把買單的錢扔給我！」

一名羅馬式襯衫打扮的小提琴手演奏一曲〈你讓我發誓〉，台下人們愛戀般地要求再奏一曲。

「再好不過了！」小舞者暗想。「多希望他整晚就這麼一直拉下去：這樣，我便可不勞而獲！」

她高興得太早：餐廳經理囑咐她上前跳一曲華爾滋；瘦弱又疲憊，她將自己掛在假鬥牛士肩上，這名男舞伴對她而言實在太高大……慕德太累了，幾乎沒有意識到自己正在跳舞，舞伴以專業又冷漠的無恥貼著她旋轉……不停地旋轉……帽針、項鍊扣、鑽戒寶石一路上扎著人們的眼睛。打蠟明亮的舞池於腳下滑動著，好像踩在滿是肥皂水溼漉漉的地板上……

「今晚，要是我跳太久，」慕德含糊地盤算著，「我最後便什麼也不想了……」

她閉上眼睛放任自己倚在這名男舞伴痲木的胸口，以一種跳水自溺孩子的自信投身於這場天旋地轉之中……音樂瞬間嘎然而止，這名鬥牛士就這樣一眼不瞧地拋下舞伴，什麼話也沒說，她就像個漂流物，選了一張鄰近的桌子支撐身體。

慕德微笑，將手放在前額，環顧一下四週，嘆道：「啊！我剛才那名『最佳伴侶』就在那邊！」

因為每晚，於「好人家」的宵夜時刻，她會以至上的榮耀選出她喜歡的舞伴，然後獻予一個簡單的微笑，有時候是帶著她小小遺憾的一個飛吻、一朵花……

「今晚，我的最佳伴侶，他可真親切！」

親切……要是這樣就好了。慕德想要他。一陣報復式的、憂心忡忡的慾望包覆著男人；他太年輕氣盛，對於自己的迫不及待只不過是稍加偽裝罷了。他有一雙做作又澄澈的眼，如此變幻莫測，它們肯定比他褐色的臉龐更惹人愛。他狼吞虎嚥，像是在車站食堂用餐一樣。當他的目光與他女友的目光交會時，他將頭往後仰，作勢聞到一陣濃郁花香欲打噴嚏狀。

她興高采烈地走來，趾高氣昂，在寒風與食慾的影響下顯得格外興奮。她十指交叉倚著下巴，然後對身穿繡花襯衫的小提琴手要求拉幾首華爾滋；華爾滋，還是華爾滋。他為她演奏：**你讓我發誓……不，你從來不知道……你真壞心……**

「啊！我多麼喜歡這首曲子！」她高聲驚嘆道……

她對盤旋而過的慕德發出微笑。接著，她不再說話，她凝望著她的男朋友，若有所思……

「放開我！」她對他說，一邊將被他輕撫的手縮回來……

「他們看似親切，但是彼此除了鬥嘴就無話可說了，」慕德觀察到。「他們相愛，但彼此卻不是朋友……」

這名享用宵夜的女士靠在椅子上，目不轉睛地盯著她前方這名饑不擇食、狼吞虎嚥的男人……慕德的視線專注在這名急躁女人細長的臉上，似乎有事情要發生的樣子……餐廳經理用一個彈舌聲響喚小舞者幹活；慕德等著，與這名女人心有靈犀地相連著；永無止盡的音樂將這名默然的女人與她的男友分開，也許，在每一段華爾滋的嗚咽下，她將帶著心靈的絕望與他漸行漸遠……

「他們相愛，但彼此卻都搞錯了……」從女人的黑眼珠裡流露出如此多的誓言，她卻頑強地保持靜默，深怕一說出口自己就化為淚人兒或是演變成無病呻吟……她那一雙辯才無礙的美麗眼眸，受驚了，正在對男人說：「你錯愛我了……你不曾理解我……我不認識你，你讓我害怕……你對我喜愛的東西一笑置之……你真會說謊！除了我的信任，你擁有我的一切……要是你明白是我身上某種煥發的才華使你成熟，那是因為我怕你！我在你身旁能幹什麼呢？這音樂能讓我永遠擺脫你！或是當小提琴聲停止，我將發

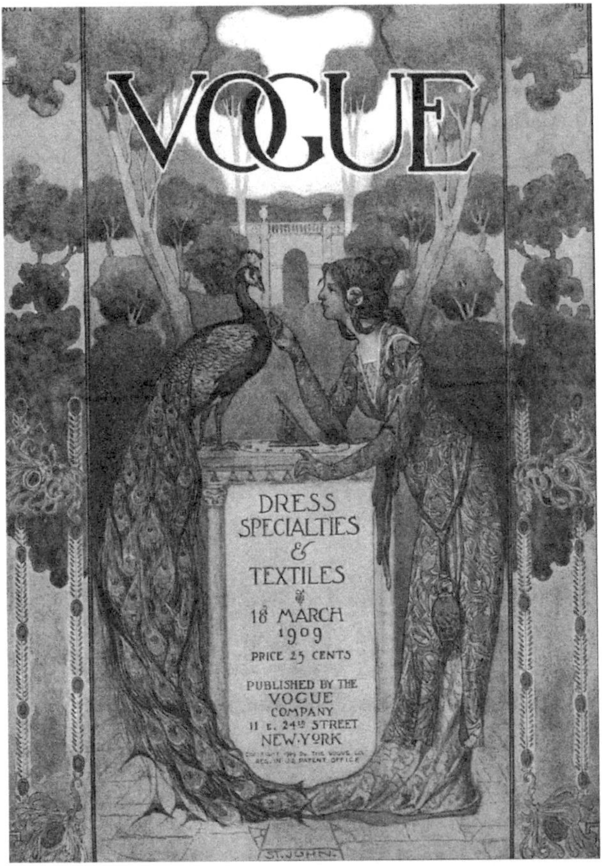
VOGUE
DRESS
SPECIALTIES
&
TEXTILES
18 MARCH
1909
PRICE 25 CENTS
PUBLISHED BY THE
VOGUE
COMPANY
11 E. 24th STREET
NEW-YORK
ST. JOHN.

現你不再是昔日的你！你恭祝我的不是幸福，而是挫敗，糟糕的我是你勝利的保證！」

慕德如怨如訴地詠嘆：

「喔！我的最佳伴侶，他真不匹配！她應該離他而去，卻……」

「過來，」男人起身，輕聲耳語道。

他的女朋友，從椅子上站起來，身材修長，全身閃閃發光的黑色剪裁，在那雙澄澈溫柔又做作的眼睛的威脅之下，宛如一隻聽話的蛇。她跟隨他，毫無防衛，除了來自一名金髮小舞者友善的微笑，沒有任何的幫助。小舞者對她的「最佳伴侶」感到遺憾，孩子氣的噘嘴非難：「為時已晚！」

蘿拉

在我的梳妝間裡，每天晚上，我不斷聽到從連接舞台的鐵梯子上傳來叩、叩、叩的拐杖聲。

可是，秀場的節目單上並沒有「殘障人士表演」這一項……我打開門，見到一匹小侏儒馬，沒上鐵蹄，正在爬樓梯，好不靈敏。一匹白驢緊跟在其後，乏味地蹬蹄；然後是一隻大腳掌的丹麥斑點狗、羊毛色的貴賓犬與一群獵狐梗。

那名維也納胖夫人負責管理這個「微型馬戲團」，接著，提高警覺，看守那隻攀爬而上的小熊，頑拗拼命，緊抱著梯腳，低聲哀鳴，像是犯錯被帶往地窖接受懲罰的孩子。後頭還有兩隻猴子，牠們被亮片、絲巾打扮的花哨俗氣，還有一股難聞的臭味。全都帶著深深的嘆息、咕噥與滿腹的牢騷往上爬；牠們等待下一個上工時刻。

我不想再看到樓上的牠們，聽話地被監禁著；他們順從的演出讓我再也無法忍受。

我知道，被羈上韁的那匹小馬，頻頻仰頭想要擺脫，還不斷地彎曲前腳嘗試放鬆。我知道，其中一隻猴子，憂鬱虛弱，閉上眼睛，稚氣地將頭依靠在同伴的肩膀上；我知道，遲鈍的丹麥斑點狗始終直視前方，陰鬱地發呆；上了年紀的貴賓狗，搖擺著尾巴，展現老者的仁慈；啊，那隻小熊，我尤其能明白，牠用兩隻手撐著頭一直低聲啜泣，因為一條非常細的皮帶纏套在牠的口鼻上，幾乎就要割到牠的上唇。

我多麼希望能夠忘掉這個悲慘的馬戲隊伍：笨重的鞍轡與鈴鐺、絲帶蝴蝶結裝飾、氣喘吁吁的嘴臉、禁食動物的苦澀氣息，這些，我都不想再見到，也不想再因無能為力而埋怨。我待在樓下，有蘿拉相伴。

蘿拉無法立刻與我會合。牠等待沈默的上樓任務結束，同時最後一隻獵狐㹴將白色的短尾巴隱沒在梯子的轉彎處。然後，用牠的鼻尖旁敲側擊，推開我半掩的門。

牠是如此的雪白光潔，照耀著我髒亂不堪的梳妝間。修長的身材猶如獵兔狗，頸子、膝蓋、大腿和尾巴映著銀質光澤，一撮亮閃閃的毛好似玻璃絲。牠走進來，抬眼望著我，一對褐色帶點橘光的眼眸子，多麼罕見的配色啊，這就足以感動人了。粉紅色、乾渴的舌頭伸在外面，牠輕輕地喘氣，口渴……

「給我水喝……給我水喝，不要長篇大論……我的同伴，在樓上，牠們也口渴得要死，人們在表演之前不會給我們任何一滴水……但是，求求你，給我水喝……」

在我為牠所準備的鍍了鋅的碗裡，牠舔著溫水。牠帶著幾分偏愛舔著水，在牠面前，我對斑駁的碗緣、凹陷的水罐、滿是汙垢的牆面感到陣陣慚愧……

當牠喝著水的時候，我一會兒盯著牠一對如羽翼般的小耳朵看，一會兒盯著牠那與鹿蹄一般硬的四個腳掌看，又看看牠消瘦的腰身與潔白如其毛色的趾甲……

解完渴，牠謙虛地轉身離開盛水的碗，然後給我留下一個片刻的凝視；我無法描述那個凝視，若要說有什麼的話，可能是一個模糊的不安，或是某種激烈的祈禱……接著，牠獨自登上舞台。牠在台上扮演的僅僅是一個體面的配角，帶著幾分深藏的力量與惰性，優雅地完成幾個障礙跨越。跳板在牠眼裡閃著熠熠金光，長鞭揮出的每一個劈啪聲，現出一副緊張的鬼臉，牠完成表演動作，一個威脅性的微笑，露出粉紅色的牙齦與完美的牙。

幾乎有一個月的時間，牠只對我要求一碗淡而無味的溫水。每個晚上，無須言語，我對牠說：「拿去吧。我願意給你所有你應得的。因為你認可我，你向我討水喝，而你不會對任何人說，就連對那名用胖呼呼又蠻橫的手在你細瘦如蛇的頸子上綁了藍色項鍊的維也納夫人也不會說出口……」

第二十九天，哀傷，我親吻小母狗光滑的前額，而第三十天……我將牠買下。

「好看但不怎麼靈巧。」那名維也納胖夫人向我吐露。她對蘿拉啁啾，以某種奧匈帝國的殷勤作為最後的道別；小母狗在我身旁站直身子，表情嚴肅，目視前方，帶著幾分苛刻，畢竟還是稍微紅了眼眶。然後，我牽起遛狗的皮繩，行進：乾瘦的四條腿，武裝上雪白的爪子，挨著我的步伐前進……

牠跟著我，我陪伴牠。我取下這位公主囚徒身上的鍊子，減少牠的負荷。我為牠付出的贖金，也足夠為我贖身嗎？

這天，蘿拉拒絕在我特意為牠買的白色碗裡喝水。牠無精打采地將頭轉向那只斑駁的舊碗。牠喝裡面的水，抬起頭仁慈地注視我，目光晶瑩閃亮，像是在說：

「我並不是一位受控制的公主，僅僅只是一隻狗，真的狗，有一顆屬於狗的忠心。這些鮮麗的打扮讓你花錢買下我，我是無辜的。你是因為這鮮麗的外表而買下我嗎？為了我的銀色小裙子、為了我只喝空氣而拱起來的肚子、流線型的胸脯、皮包骨的身軀而買下我嗎？我的步態與和諧的跳躍誘惑你，你喚我為公主、美人蛇、神仙馬……禁止你在我面前如此稱呼我！我只是一隻小母狗，有一顆屬於狗的忠心，高傲，奢望柔情又驚惶不安，怕自己付出得太快。膽顫心驚的是我，因為，每個晚上，你親手為我在破碗裡倒入的一點溫水，便已永遠收買了我……」

緊張不安

今天他會將自己殺死嗎？

他在自行車上蜷縮成一團，搖搖晃晃地踩著踏板在旋轉台上前進，像在對付暴風似的，他與離心力抗衡。

無凸緣的台子在他下方旋轉，起先很緩慢，接著越來越快，直到變成一片像是上了蠟的圓盤，由於速度使其閃閃發光，明亮耀眼，呈現一道道同心圓紋路，就像水塘被小石子激起的一圈圈漣漪。這名騎在自行車上的嬌小男子化為一個小黑點，賣力在轉盤上馳騁，卻又不斷被一股頑強的力量阻撓，每當他踉蹌欲墜時，總引來人們倒抽一口氣。

整個機器因高速旋轉發出轟隆隆的聲響；致命的轉盤邊緣迸出電光火花，青綠、赤紅，尖銳的警報聲伴隨一陣令人不寒而慄的嘶喊。

儘管狂風環流席捲舞台，我們安穩地在此待著，待在佈景支撐架的後方；身穿藍色工作服的舞台技師，稱職、默不作聲；頂著一頭黏膩頭髮的運動員，滿臉通紅；草草包覆著褪色和服的小藝人們，用滿是汙垢的橡膠髮帶將頭髮向後挽起來……我們一行人全都佇立在此，一動也不動，是那個可惡該死的誘惑使然：「今天他會將自己殺死嗎？」

不。結束了。警報鳴聲終止，令人眩暈的轉盤也同時停下，努力緊抓著自行車不放的那個小黑點，一個敏捷的跳躍，雙腳落在定止的圓盤上。

今天他不會將自己搞死。至少在今晚之前不會……因為是星期天，而目前還是白晝時光。當然，他還有時間將自己弄死，比如今天晚上的演出……

我想離開此地。可是外頭正下著雨，沮喪透頂，晦暗且令人憂傷的南方之雨，其籠罩下的城市，昨日還是陽光燦爛的白色海岸，今日卻化成一灘黃泥。離開這兒，除了雨就只剩下旅社：那些不斷行旅無眠的人、那些孤獨遊蕩的人、那些獨自用餐的人，坐在餐廳的小桌前，面對一盤食物、一杯水、一份報紙；這些人明白悲慘的週期性，情緒低潮的危機重演，孤絕的病態……

我想離開這裡，可是一時間我缺乏氣力去完成這項心願，去想像能夠讓我精神振作的所在。幻想那個地方或是喚起回憶在腦海裡重溫它，填充一個心愛的臉龐，用花朵、流水以及常見的動物來賦予生機，這些都需要付出極大的力氣，而我目前正缺乏這些力氣，晚一點吧，也許一個小時以後……我心裡的空虛順應著生理上的懶散，讓我雙腿無力、心情拖沓，哀怨連連，反覆喃喃自語：「我想離開這裡……」

我提心弔膽，等待一個莫名的悲劇。擔憂著我們是為了陌生大眾居心叵測的歡快而被集合在此；他們冷眼看著公牛流著黑色的血，盡是這些悲慘又令人毛骨悚然的「戲碼」……襲擊我太陽穴的輕微發燒——起因於旅途的勞累、氣候轉換與海水的潮氣——也許升高到浪漫的惡夢裡。今晚，古怪的脾氣將我和我可憐又才華洋溢的伙伴們分開；站在藝人梳妝間延伸出去的鐵造看台高處，我作壁上觀，隱不現身……

現在，一個紅魔鬼從舞台地板上的活板門竄出，接著我聽到遠方觀眾席傳來的一陣笑聲，也許是因為紅魔鬼下巴上的一撮橘紅色山羊鬍、或是分岔的眉毛，還是因為這只用黏土與蠟筆捏繪製成的面具……

此人開始一連串不輕鬆的柔體雜技：舉起兩隻胳膊，雙手握在一起，然後把手和胳膊從身體的一端移到另一端，演出慢速脫臼；如蛇一般蜷縮身體的縮骨術；將四肢纏結在一起的瑜珈術，從看臺高處望去，我明白為什麼他要將自己藏身在魔鬼的形象裡：此刻，他強制自己做出的肉體折磨，無法讓他面帶笑容。事實上，他的表情道出被打入火烙地獄的痛苦……他招架得住嗎？難道不會演變成一隻被自身糾結勒死的爬蟲？而且，在我看來，他完全在音樂之外，交響樂與他不斷的呻吟不全然合拍，緩緩窒息的短促呻吟……

當柔體雜技演員終於結束表演，從我下方退場，踩著鬆軟無力的步伐，拖著瘦長虛弱的身子，我長吁一口氣，舒緩緊張的胸口。我期待這些短暫悲劇的最後有齣即便褪色的芭蕾舞蹈都好……但是為時已晚，幾把短槍已經就定位，瞄準一個孩子手中舉起的方塊A紙牌。

我不忍心看這雪白的小手，甚至病態地想像掌心出現一個血紅的窟窿……我並沒有離去，反而更靠近，依偎在佈景支架後方，被迅如閃電飛旋於空中的西班牙匕首吸引……投手似乎不動聲色，一道鐵藍色的光芒從他的掌間射出，響亮有聲，接著栽在一面直立板上，恰恰好就落在一名少年的太陽穴附近，少年不眨一下眼，還微笑以對。

每次飛刀劃過，我不是瞇起眼就是縮著頸子……台下的呼喊、婦女們的驚呼都撼動著我每一根神經。然而，少年依舊活生生地在那兒，堆著笑容，文風不動……沒事，他還活著、還活著！在這無法確定的時間裡，我也許該停止眺望，卻猶豫不覺。如今，不願降落的天使之翼保佑了高速轉盤上的男人、扭成一團的紅魔鬼。它也讓子彈不偏不倚地射中纖弱小手上的紙牌。

天使之翼再度飛回來……它是否會遠離我們，其無形的存在強烈地壓迫著我，讓我的靈魂顫抖，渴望恐怖帶來的官能刺激卻又懦弱，這就是旁觀他人痛苦者的靈魂……

道路盡頭

「真是個驚喜！萬萬沒想到我們會再次相遇！我多久沒見到你了？自從馬賽那次，噯，你還記得嗎？當時你在皮塔爾的巡演隊裡，而我則是在杜布瓦那裡。我們在同一個晚上演出。當時兩個巡演隊輪番上陣，好不緊湊……這並不影響那晚我們一起品嚐貝類海鮮，就在巴索（Basso）的餐館，不是嗎？

「……不，你並沒有太多改變：你的身材保持得很好，真走運！你的腸胃確實有能耐，但是如果你和我一樣跑了十三年的秀場，你也許不會如此自豪！

「噢！請便，你大可說我變了！在四十六歲這年紀扮演保姆，真辛苦，尤其是在這條大道的秀場舞台上，那些瘋狂的青春角色可是由五、六十歲的人來扮演！我啊，是西貢那次演出讓我變老了。我在西貢演唱輕歌劇，在一間由八百盞煤氣燈照亮的劇院……

「……除此之外呢？確實，除此之外，沒什麼特別的。我在『巡迴』，和大家一樣。

我常說我受夠了，這將是我最後一場巡迴演出。我反覆對那些願意聽我講話的人嘮叨：我寧可去當香水店的專櫃小姐或是推銷員，然後又怎樣呢？我不是也還在皮塔爾的巡演隊伍裡，你也一樣還在皮塔爾的巡演隊伍裡。我們半斤八兩，都還在尋找工作，我們又重新上路！

「……閉嘴！我知道一些事，我明白如今不管在哪幹工資都是不增反減！如果人們知道我這次接受的價碼，我可能就聲譽大跌囉。真是的，整個巡演過程我們都不用吃飯啊！

「你也知道，這還不算我妹妹。我們雖然兩個人一起賺錢，但也是兩張嘴要飽餐啊。噢！我小妹，她還真稱職；她真有勇氣！可以這麼說，勇氣比健康強。人們要她演的，她統統照辦。瞧，米哈爾那次巡演，我們演了五十天的連續劇，一晚三齣：小妹首先飾演擺放餐具的女傭，台詞十句；接著演對所有人講實話的老太婆，台詞兩百句；最後，扮演一名被迫成婚的十七歲少女，從頭哭到尾。可憐的小妹，一個晚上要換裝、上妝幾次啊！

「餵飽肚子的代價！不僅如此，我們始終還得負擔醫藥費；我支氣管炎發作的冬天，光是請護士替我在身上拔火罐，就要收我三十七法郎！我一共在背上拔了四十個火罐，好捱過支氣管炎。當咳嗽又犯的時後，我得趕緊躲進廁所裡咳，不然，你說呢，他們早在演出的兩個小時前就會把我撤換掉！

「我可以繼續下去，但是買藥和看醫生早把我們搞破產了。小妹於是開始編織衣物：你瞧，現在人們身上這些外套、翻領運動衫、羊毛衫……她一路上手也不停地工作；在火車上，她還真靈巧！當我們長途旅行時，八、九個小時的火車旅程，她用四天完成一件短外套，然後立刻將它寄到巴黎一間拍賣行。

「……好，我明白，你，你有歌舞秀場可以保命！秀場，我們畢竟還是要以此維生；至於我，你還想怎麼樣？但願我就死在巡迴演出的路上，還能有同伴處理後事，況且我也不是唯一的……哦！你曉得，這並不表示我有精神耗弱！我仍然有不少美好的時光：

我年輕的時候還是一名快樂的母親！只要我的肝病三個星期都不發作，十五天不咳嗽，同時我的左腳，可怕的靜脈曲張，別太過腫脹，人們還可以認得我的風趣個性！

「加上不要遇到壞心眼的同伴，能有一些善良的人，不會整天哭喪、抱怨病痛和談論分娩過程，我向你保證，我可是一個愛打趣開玩笑的人！……

「條件是，當然，不要發生像馬希佐先生那類的事件……馬希佐，你不知道嗎？報紙上沒提，但一路上你還是會有耳聞……我們當時……在哪兒來著？在比利時，還下雨！我和小妹兩人、馬希佐還有賈克，大夥剛從一家很好吃的啤酒屋晚餐出來……馬希佐走在先，我們其他人還在結帳。你也曉得他是一個大近視眼。冒著雨，他朝一條昏暗的路直直走去，路的盡頭，是一條河，巨流之類的，也許是埃斯考河（Escaut）吧；總之，他掉落水中，瞬間就被沖走。人們在兩天後才找到他……行動真迅速，你想想，第一天晚上我們還來不及傷心呢！只是隔天：當第二舞台監督代替馬希佐登台演出，我們才在舞台上哭成一團……

「最終，又不是天天都有人溺死，感謝老天！我們趁鐵路罷工的空檔彼此相互安慰。聽聽這個：我們演完『垮台』一戲——差勁的劇名！——前一晚在盧昂（Rouen）演出，接著抵達蒙特（Mantes），火車停下：

『所有人都下車！我們無法前進了！』

「是罷工。真夠我受的了：我的急性肝病突然犯了、左腳的關節炎、發燒，總之，病痛全上了身！我在候車室的長椅上坐著，然後我跟自己說：『這一擊，我再也無法動彈，倒楣透了，我寧可就死在這裡！』賈克一直在旁邊，一如往常，身上披著長外套、嘴上刁著煙斗，走過來，對我說：

『你為何不回家？你應該乘坐『皮加爾*——葡萄園』線的巴士，直接送你到門口。』

『啊！滾開，讓我靜一靜！要像你這樣沒良心才說得出這種話！現在這場煩人的罷

---

*得名於雕塑家尚-巴斯提斯．皮加爾（Jean-Baptiste Pigalle），位於今天巴黎的第九以及第十八區。以歌舞秀場表演、情色商店聞名。

工，我們還會被困在這裡多久？你以為我樂意蹲在旅館或是藥局吞這些苦澀的藥片嗎？你也設身處地替我想一想！』

『設身處地？要我換做是你，我也許就會去搭由皮加爾開往葡萄園的巴士。』

「我親愛的姊妹，我多想哭啊：那個賈克，一臉木然，刁著煙斗，我真想揍他！……最後，他捉住我的胳膊，費勁將我拉到玻璃門那邊。你猜我在火車站的前庭看到什麼？皮加爾開往葡萄園的巴士，去你的皮加爾！我的天！三輛在早晨將一批巡演隊伍載過來的皮加爾巴士！

「即便肝病讓我不舒服，我還是捧腹大笑，無法抑止。更妙的是，我們就是搭乘這輛皮加爾─葡萄園巴士回到巴黎，親愛的，還是有副警長的特許證呢！一人負擔兩法郎又八十塊錢──多麼輕而易舉！賈克和馬爾瓦，兩人坐在雙層巴士頂，不斷朝我們扔紅香腸皮，要是你瞧見一路上他倆『鄉巴佬』的神氣，這趟旅行也值得了！

「路途顛簸，每次崎嶇不平的晃動都像是要扯去我的肝！算了！總是病痛纏身，但我一路上笑個沒完！

「再來，就如賈克講的：『速度的超越與在高處飛，對我們而言又算什麼？談談有得瞧的一段旅程，穿梭在蒙特—巴黎—皮加爾的巴士之旅：非凡的長距離耐力試驗！』」

「天哪，罷工！」

……眼皮垂垂，我是「宮廷艷姬」們跳的「帕凡舞*」，沈緩、慵懶。裝飾著珍珠的錐形女式高帽、十六世紀的皺領、長裙裡的撐環、吊籃、孩童方巾……等等正式道具

---

*是一偶數拍子，簡單、莊重的慢步舞，在十六、七世紀的歐洲達到全盛，為當時的社交舞，也是身份的象徵。

被擱在一旁，為了排練，舞孃們僅草率地將纏腰布用別針扣在腰際當作裙子；有些人捨棄緊身馬甲裙直接穿著黑色底褲工作，吊帶衫外白嫩的胳膊，皮草小軟帽頭上帶。

芭蕾舞者裝扮的太陽王引領著她們。亨利四世的情婦加布麗爾以及蓬巴杜侯爵夫人一直念錯台詞；我祝福她們。再重來一次……但願她們再次出錯……

安坐在上面包著灰色布罩的樂隊席，我在黑暗的表演廳等待活報劇彩排結束。眼下時間傍晚五點四十五分，我的同伴從十二點半就佔據在舞台上。僅剩四十五分鐘可以排練我們的默劇。不過我還是希望情婦加布麗爾以及蓬巴杜侯爵夫人再次犯錯，因為：我根本不想動！

舞台成排照明燈處，光線黯淡，僅開著兩顆劇場小燈。黑暗之中懸浮的兩個光點，刺著我的眼，讓我昏昏欲睡。看不見的，一張臉，在我身旁，像是煙癮犯了，嚼著嘴上叼著未燃的香菸說：

「對我們其他人來說又浪費了一天！我原本希望看到其他的活報劇……瞧她們，

QUINTESSENCE

BRISE EMBAUMÉE

VIOLETTE

ED. PINAUD

18, PLACE VENDÔME

PARIS

AUTOMOBILES

DE DION-BOUTON

De 8 à 35 HP. -- De 1 à 4 Cylindres

14 HP, 4 Cylindres **DE DION-BOUTON,** Modèle 1910

CHAUFFEURS, voulez-vous revendre votre auto

Après un long temps de service

Sans perte sur le prix d'achat

Achetez une **DE DION-BOUTON.**

Les DE DION-BOUTON sont des billets de banque dont on peut faire la monnaie à n'importe quel moment.

CATALOGUE illustré sur demande aux Usines à **PUTEAUX**

『宮廷艷姬』哪！人家還以為她們努力苦幹是免錢的……罷工，我的老天！罷工！」

這個字眼把我喚醒了。真的，是罷工……近日人們不斷在談論這件事。確實有一些事情變化了，在我們辛苦賣命的歌舞雜耍表演咖啡館，它總是萬頭竄動、熱鬧無比，是該區一間被那排山倒海的歡笑聲、跺腳、尖叫、吆喝聲所推動的夜間娛樂場所。

「罷工，天哪，罷工！」

人們想著這件事，並在角落竊竊私語。下一齣活報劇的女郎們，嘴裡只有這個字眼，用自個兒的方式輪唱。有人則是低聲喊道：「罷工！上午支薪！排練支薪！」面紅耳赤，揮舞著襯套當作旗幟，揮舞著小手提包當作彈弓……

那些「宮廷艷姬」們又再次出錯。好哇！又賺到幾十分鐘繼續癱坐在安樂椅上……蓬巴杜夫人和加布麗爾情婦「發作」！首席芭蕾舞者朝她倆欠身，拋幾句不帶惡意的辱罵，亨利四世的矮胖棕髮情婦顯得不耐煩，轉過身，眼睛望著出口。

另一位，侯爵夫人，則是低下頭，像一個打破花瓶的孩子。她目光朝下，不發一語，她喘著氣將臉頰上散亂的一綹金色髮絲吹起。透過上方悲慘的光線照射，雕刻出一張削瘦、凹陷，受盡折磨童稚未消的臉，這名蓬巴杜夫人，穿著黑色底褲，捲起褲管裸出雙膝，像極了大革命時代的年輕鼓手。她那執拗又傷痕累累的存在反抗著，彷彿在喊：「罷工萬歲！」

帕凡舞，片刻定止，圍繞著二十多名嬌小的舞者，精疲力盡且默不作聲。她們在黑暗中尋找監看她們演出的戲劇主任的座位：她們等著他從暗處喊出「夠了，今天到此為止」之類的話。不過她們像是在期待另一件事：「罷工，天哪，罷工！」她們看上去也近乎咄咄逼人。

相反的，我們的男性同伴——歌手、默劇演員、舞者以及特技高手——則是對於他們自身的訴求有所保留，心平氣和且禮貌性地談論此事；歌舞雜耍表演咖啡館的女士們則是瞬間變得相當激動。帶著巴黎人的激昂，她們對於罷工這個單字有著模糊地想像：上街頭，暴動，到處都是街壘路障。

她們對此還不習慣。支配我們的紀律，簡單又嚴格，尚且不曉得違犯。直到紊亂的近日，事物的變化就在兩盞舞台聚光燈照射的藍色陽光下，那些最按部就班、最辛勤的小人物，很快就被總監的一句話給擺平：「我不喜歡大聲嚷嚷」或是，「女士們，安靜一點！你們以為這是在劇場裡嗎？」是的，罷工的慣性以及「抗議」是她們所缺乏的。那邊，那名安妮絲．索蕾爾現在正因餓過了頭呵欠連連，待會就要離開這裡回到她的小閣樓，真有夠遙遠，在城的另一頭……她住的地方太遠，從來就沒有時間好好飽餐一頓，總是小跑步趕來上工。

「她一個月賺得一百八十法郎，根本不是用日子在算，是用公里數在計啊！」來自普瓦捷（Poitiers）的狄安娜說道。她在這個十二月天竟然還穿著夏日短襯衣……

而這位美麗不多話的蒙特絲潘，她住在她那個患有肺結核的裝訂工丈夫家嗎？她大概經常抱怨吧？她受夠了周旋在丈夫以及兩個孩子的家務事之間！

這些勞碌如蜂卻沒有積蓄的可憐人，人們輕而易舉地對她們發號施令！就上街請願、追討權益這點上，和平路上的任何一個小學徒都強過她們。她們說：「太好了！罷工！」因為她們大概也覺得：「我們將贏得大獎！」其實她們還不太相信。現在她們相信，她們開始因希望而驚惶不安。

可怕難熬的日子，星期天和星期四以及全年例假日的雙倍演出，是否領有工資？尤有甚者：從中午到傍晚六點的強制排練活報劇，可能有津貼補償嗎？彩排期間我們或許以午後的可頌點心充飢，配上一杯啤酒和一根香蕉，這些都還得自掏腰包？當了母親的路意絲，患有哮喘病，在喜劇裡扮演親家母以及黑奴，每個星期天和星期四的公車錢，除了靠她那點微薄工資，她還得到處不停地兼差替人打毛線才能負擔嗎？

還有好些令人戰戰兢兢的夜晚，我們全副武裝和所有的舞台佈景彩排至清晨，五十名「女步行者」，在冷冽的空氣中無力地踩著腫脹的步伐，死命地打呵欠，也許將不僅僅是「看在秀場的情面上」？

是美好。是憂慮。我們小人物狂熱起來了。晚上，在後台，有人捉住我的袖子，問道：

「你也是支持罷工的對吧？」

接著又附帶說：

「首先，這是合情合理的！」一種肯定的語氣與焦慮的動作。

蓬巴杜夫人，這名金髮削瘦的孩子——十九歲的哲學家，我姑且用希臘神話裡的預言家卡珊德拉（Cassandre）稱呼她——有著不是所有人都有的苦澀懷疑主義論調，冷不妨地怒道：

「罷工，是要往何處進展？還不是肥了那些『影院』業者……這時候，我和我娘，我倆吃什麼？……」

現在時間應該是傍晚六點十五分。雙手藏在取暖套裡，下顎有皮草裹著，好不溫暖，我幾乎要睡著了。我是上半身暖，下半身涼，因為排練的時候是不開暖氣爐的……我還在這裡幹嘛呢？今天對工作來說已經太晚了。我等著，我在歌舞秀場學會聽天由命的耐心等待。我可以再等一會，和疲累的寄宿生同時離開，四散在巴黎……

最匆忙緊湊的那些人，晚上八點要登台的那些人，沒法走太遠：到轉角的啤酒屋餐廳吃一塊核桃醬小牛排，白慘慘地浸在栗色汁液裡；或是吃著不太令人心安的蘿蔔馬鈴薯燴羊肉。其他人則是急忙脫身，一踏到行人道上便喊著：「我剛好有時間回家一趟！」

「媽媽。」孩子咕噥著。洗手，重新綁緊額頭上的絲帶，確認寶寶沒有從窗戶掉下去、沒有被平底鍋燙傷，然後，上工……跳上巴士、街車，鑽入地鐵，與其他的女性職人，服飾商、女裁縫、收銀員、打字員，混雜地擠在車廂內，不同的是她們全都剛結束一天的工作……

L’Envers du Music-Hall

貝絲恬的孩子

L’enfant de Bastienne

Pour la première fois.
Mlle Bergé jouera, ce soir, pour la première fois, le rôle de Bertha dans *La Robe Rouge*.

Opéra-Comique

I.

「跑啊，貝絲恬，快跑啊！」

舞孃們沿著走廊匆促推擠而下，她們的花冠裙摩擦著牆壁，空氣中散著蜜粉的味道、新燙頭髮的味道以及全新的塔勒坦棉布*的味道。貝絲恬急急忙忙趕來，雙手叉在腰間，跑得並不快。進場鈴聲太晚響起，她將氣喘吁吁地登台，她會來不及表演最後的變奏嗎？那個廣受大眾喜愛的迴旋，見不著她的身影，只見裙襬翻飛，如層層奶油，全面爆發，兩條粉紅色的腿隨著機械規律一開一合……

她還只是一位經驗未豐的稚嫩舞孃，有一年的時間受雇於某大劇場；是一名可憐的亮麗美女，身材高大，但就如她自己說的「養不起」，總是顯得有點營養不良，加上她還有五個月的身孕。

---

*Tarlatane，一種用極素的布料編織而成薄細且緊密連接的棉布。

孩子的父親，去向不明。

「這種男人，還不壞嗎！」貝絲恬說。

談起這件事她可說是平心靜氣，她的「不幸」並沒有讓她想跳河或是燒炭自殺。一如往常，她照樣跳舞，還得到三個貴人相助：大劇場的主任、芭蕾舞蹈老師以及供她與其他十二名夥伴住宿的旅社老闆。然而，一早開始，整堂舞蹈課貝絲恬顯得蒼白透了，她用農家的單純口吻坦承：「夫人，我懷孕了！」芭蕾舞蹈老師遷就她。但她並不領受這份殷勤與體貼，憤起嚷道：「幹嘛，我又不是染病了！」

逐漸鼓起的肚皮與持續上升的體重，即便她以十七歲的迷糊意識咒罵腹中胎兒，她還是接受事實：

「你呀，我要讓你乖乖就範！」

尤其在舞台上，她收緊褲帶，爭風吃醋，儘量賣弄她柔軟的身段、高挑纖瘦的身材。她邊笑邊罵她這份包袱，用掌心拍打著說：「它讓我覺得餓了！」她隨口一言，並無任何壞念頭，只是身無分文的女孩兒們一種壯烈輕率的行為；當繳完每星期的旅社住宿費，她有時候乾脆不吃不喝就上床睡覺了，而且為了「減少飢餓」，整晚都不會將束腰解開。

既沒母親又無情人的小舞孃們，辛苦又貧窮，貝絲恬還是能讓生活過得快活。早上九點鐘，舞蹈課；下午排練，晚上表演，她們根本沒有時間想其他的事。她們悲慘的生活裡不存在絕望，因為，身在其中的她們哪裡曉得寂寞和無眠。

放肆又謹慎，空腹的難耐驅使貝絲恬和她的室友——一個平庸嬌小的金髮女孩——經常在午夜過後，將最後的一點錢花在大劇場裡的啤酒屋餐廳，只為了買一罐啤酒。

彼此面對面坐著，她們高聲交談著一場擬好的對話：

「我啊，我要是有點錢，我會給自己買份火腿三明治！」

「對啊，但是你一毛也沒有！我啊，一樣缺錢，但要是有一點錢，我會給自己買一條烤豬血腸，配上芥末醬和一大塊麵包……」

「我更希望來點醃酸菜，還有好多好多圓香腸……」

她倆如此狂熱召喚的烤血腸與醃酸菜，說巧不巧地降臨到兩位小舞孃的懷中，並由一位慷慨的施主護送；她倆歡迎他，逗弄他然後拋下他，一切都在半小時內完成。

這無辜的乞討行為是貝絲恬的發明，她的身體「狀況」也有利他人上當，況且，也是好奇心的代價。她的同伴們計算著週數，用紙牌卜卦孩子的命運……大家照顧她，協助她束緊緊身舞衣；哎唷！一隻膝蓋抵在貝絲恬結實的腰上，一邊勒緊束帶。大家不吝惜地提供各種荒唐古怪的建議，對她吹噓巫婆祕方，大家都在幫助她，就像今晚在黑暗的廊道間，有人對她高喊：

「跑啊，貝絲恬，快跑啊！」

大家盯著她輕率的舞蹈，護送她回到更衣間，貝絲恬一邊解開折磨人的護胸甲，一邊笑著威脅年輕又傻氣的好奇者：

「當心囉！它會碰一聲地朝你鼻子飛彈過去！」

現在，在大梳妝室最溫暖的角落，有一個舊行李箱，貼滿小碎花壁紙，橫跨在兩張椅子上。這個拮据可憐的搖籃屬於小小貝絲恬，她有野草般強勁的生命力。她的母親八點將她帶進劇場，午夜時分再將她裹入大衣帶回家。這名愛笑又顫抖的嬰兒，幾乎沒穿襯衣，那雙替她編織的笨拙雙手，歪歪斜斜地為她穿上外套與童帽，小嬰兒畢竟體驗了童話公主般的童年。身穿咖啡色連身舞衣的衣索匹亞奴隸、掛著藍色珠寶項鍊的埃及女子、半裸的舞女傾身來到她的搖籃邊，每天晚上都有項鍊或是羽毛扇當作玩具；絲巾則是用來變換燈光色彩。小小貝絲恬在充滿香水味道的懷抱裡睡著又醒來，紅如海棠花、一明一滅的臉龐，隨著遠方傳來的樂音節奏對她呢喃哼唱。

一名有著棕色肌膚、看守著門的女孩，對著走廊高喊：

「跑啊，貝絲恬，快跑啊！你女兒渴了！」

貝絲恬進來，上氣不接下氣，用指尖順平她那件直挺挺的蓬蓬裙，朝舊皮箱跑去。來不及坐下，也沒空解開短上衣的扣子，她急忙用雙手捧著佈滿藍色血管、腫漲的乳房，準備給孩子哺乳。理平的裙身彷彿光輪圍繞著她，傾身、踮腳，一個舞者的經典姿勢，就這樣，她給女兒餵奶。

II.

「貝絲恬，你看，塞爾維亞，在這裡，接著這邊是希臘。有明暗相間小線條的是保加利亞。黑色這一大片，是同盟國以及土耳其經過的路線，他們被迫往這方撤退。你明白嗎？」

貝絲恬睜著淺煙草色的大眼睛，禮貌性地點點頭，發出幾聲：「嗯……唔……」她仔細地看著地圖上她的同伴霈璐用細瘦食指點出的地區，大聲叫道：

「天哪！這麼小！原來這麼小啊！」

霈璐沒料到她會做出這樣的結論，放聲大笑；現在換她瞪著吃驚的大眼端詳貝絲恬，沒想到她的反應如此遲鈍。

好在，君士坦汀堡（Constantinople）幾個字用大寫字母標示著。這張令人困惑的地圖、虛線、斜線，對貝絲恬來說，這一切不過是一張繡花圖。君士坦汀堡，它存在，是一座城市。霈璐有個姊姊，二十八歲的大姊曾經在君士坦汀堡的劇院對著……演出……

「霈璐，當你姊姊在君士坦汀堡表演的時候，究竟是對誰演出啊？」

「在蘇丹王面前囉！」霈璐大言不慚地說。

貝絲恬稍微讀了一下報紙，半信半疑卻又必恭必敬。這麼多讀不出來的名詞！這麼多沒人知道的民族！畢竟貝絲恬曾在匯集了世界五大洲的娛樂場所跳過舞。所謂世界五大洲，分別是：搽上黏土色的粉底代表美洲；穿上深褐色的緊身衣演繹非洲；西班牙，墜有流蘇的披肩；法國，白色古典芭蕾舞裙；俄國，山羊皮革紅靴。如果現在要將地圖切成小塊拼板，然後再從每個極小的格子裡取出沒人聽說過的、兇惡的武裝民眾，生活將變得無比複雜……貝絲恬對著地圖兩側模糊不清的相片投以一個冰冷的目光，表示道：

「首先，這些人，帶著他們的平頂帽，看起來與單車員無異！霈璐，可不可以給我女兒一個巴掌，教訓她別再吃縫衣線了？」

看了好一陣「細體字」，貝絲恬眼睛都酸了，坐直身子，嘆氣，像捲絲帶那樣捲著耳邊一撮黑色長長的髮絲。她朝在地上爬的女兒拋下一個嚴厲的目光，然後彎下身，撩起小裙襬，在粉紅渾圓的小屁股上拍了六個巴掌。

「喔！」霈璐低聲抗議，一臉不捨。

「別管，」貝絲恬說，「我不會把她打死。再來，她真頑劣，讓人不可思議。」

事實上，我們聽不見來自如此幼小孩子的尖聲喊叫與悲慘啼哭。小毛鞋在地板上氣憤的摩擦，小小貝絲恬將自己捲成一團好像剛從醋栗樹上掉落的毛毛蟲，就是這樣……

初為人母，恢復體力，養成每天進餐的習慣，還有一個溫暖的住所，這使得貝絲恬氣色極好。一位正直的商販小伙子，在貝絲恬靠著四顆熱炒栗子當聖誕餐的這晚，收留了這名母親和孩子。

他的回報，就是每晚回到面對灰色大河的狹小公寓，見到這位真誠、快活、冷靜又衷心的貝絲恬，在女兒與縫紉機之間忙碌。在家裡，她顯得容光煥發，和服式浴袍上綁著一件麵包坊大圍裙更感覺踏實，就像今天，尚未梳理的蓬鬆亂髮，和著清新空氣，點綴她的十九歲。

對貝絲恬以及她的好友霈璐而言，這真是一個美好的節慶午後。把爐子弄得呼呼響的乾燥十二月天，不用到大劇場彩排芭蕾舞，眼前有四個小時的空檔，咖啡一點一滴地填滿錫製過濾器。霈璐用大塊的月白色塔勒坦棉布幹起打縫褶子的手工活，還有辦法在不刺傷手、不走錯針的情況下關注戰爭新聞，眺望空無一人的街道，以及閱讀新產品型錄。

「貝絲恬，你可知道，因為戰爭的關係，我們日後不會有炒開心果可吃；是那位老土耳其商人跟我說這事的……你看，那位軍官，第三次經過這裡……貝絲恬，當我們有錢的時候，一件這樣的大衣，捲毛羔羊皮的，嗯？你穿起來一定很好看！」

戀家又忙於烹飪的舞孃心靈，貝絲恬寧靜的內在，一點也不在意毛皮大衣。沿著商店櫥窗，她對天然亞麻布拋媚眼的次數更勝絲絨布，她用指頭觸摸鑲有紅邊的粗糙抹布……現在，一副賢慧滿足的樣子，對著她偏愛的任務微笑：站著，用肥皂在臉盆裡搓洗女兒的衣物，不弄髒周遭環境，手臂沾滿溫水泡泡，美得如洗衣槽旁的皇后……生活、未來，甚至義務，難道這些都無法守在這貼著碎花壁紙的牆面，在這個充滿咖啡香、白肥皂香以及鳶尾草根香氣的飯廳？維持生活，對一個被貧困打得落花流水、正值花樣年華的貝絲恬而言，意味著跳舞是首要工作，再來是卑微意義上的幹活，屬於雌性意義的家務活。珠寶、金錢、禮服……並非貝絲恬要推拒，不，在樽節浮費的選擇下，她推延這些享受。它們都還在，只是她很久不去想，不去召喚它們。彷彿繼承遺產那樣，總有一天會降臨，好比煙囪落到您頭上、好比這個在地毯上玩耍的神祕小女孩的到來，她健康的成長反而為貝絲恬帶來，每天又更多一點，意想不到、不可思議的念頭……

去年，生活對貝絲恬來說看似單純：飢餓、受凍、穿著破鞋、孤獨悲慘地挺著大肚子，「大家的情況都差不多如此，」貝絲恬說得乾脆。一切都很簡單，一切依舊簡單，除了她那十五個月大的孩子，除了這名金色捲髮狡猾的小天使，她無聲地在地毯上發怒。一個孩子，對一位如此年輕、天真如少女般的母親而言，就彷彿是一隻美好的溫體小動物，按年齡增長，我們給她喝奶、喝湯，給她親吻或是賞耳光。長大，直到……天哪，直到第一場舞蹈測驗的年齡。哦，在熱情的親吻與刺痛的巴掌下，在貝絲恬面前，成長為一個在開口說話前就已經懂得思考、反抗與討價還價的小人兒！貝絲恬還真沒料想到。

「十五個月大的女嬰，」她驚嘆道，「我看才不只喲！」

霈璐搖搖頭，表情敏銳、矜持，讓她，才二十歲，卻看起來像一名老小姐，她正在講神奇的兒童犯罪故事。出人意外的小小貝絲恬，才十五個月大，就已經知道引誘、騙人、假裝肚子疼、哭哭啼啼地伸出佯裝被踩傷的胖呼呼小手；她也明白沈默的力量，尤其更懂得偽裝在聽大人說話，閉上嘴、睜大眼，還正好讓霈璐與貝絲恬都突然安靜下來，都是因為這名令人提心吊膽的目擊者，其金色的捲髮讓她看起來更像調皮的小愛神厄洛斯（Éros）。

正是小小貝絲恬的臉龐，而非她母親美麗安詳的臉龐，亦非霈璐早已枯萎的臉龐，映射出一切塵世的激情：肆無忌憚的慾望、隱瞞、反叛、狡猾的勾引……

「啊！要是沒有這正在吃我針線的鬼靈精，我們可悠哉了！」霈璐嘆道。

「停下你手邊的針線活，逮住她！」貝絲恬說，「我的手全是肥皂泡沫。」

然而這「鬼靈精」卻躲到縫紉機後方，在踏板與輪軸間露出一對深邃的藍眼睛，無法分辨是十五個月大嬰兒的還是十五歲、甚至更成熟少女的……

「過來，我親愛的小鬼！」霈璐哀求道。

「要不過來這裡，小壞蛋！」貝絲恬呵斥。

沒有回應。藍色的眼珠轉動，澄澈的傲慢，看向貝絲恬……如果霈璐加倍禱告、貝絲恬持續怒罵，並非是真擔心躲在縫紉機後方胖呼呼的金髮小愛神會吞下幾百根針，而是為了掩飾自身的尷尬，在小孩兒深不可測的目光下，單純大人的窘態……

L' Envers du Music-Hall

收入微薄

Les gagne-petit

CE QUE DISENT
LES ARTISTES

De tous les cacaos c'est le Phospho-Cacao que je préfère.

Mlle MONNA DELZA, du Gymnase.

J'avais si souvent entendu vanter le Phospho-Cacao que j'ai voulu en goûter : tous les éloges entendus sont d'une exacte vérité.

ALICE BONHEUR, de l'Apollo.

J'aime le Phospho-Cacao pour son goût exquis et les forces qu'il donne.

L. BARON Fils, du Vaudeville.

Voilà plusieurs mois que je prends tous les matins du Phospho-Cacao, le plus exquis et le plus agréable des déjeuners.

Mlle MÉNARD, de l'Opéra-Comique.

Au chocolat tu fais la pige
Et de Lutèce à Bilbao
Partout s'affirme ton prestige
Sois béni, Phospho-Cacao!

MÉVISTO Aîné.

伴奏女郎

「夫人，請再耐心等候，巴魯琪夫人就快到了：她剛才打過電話來說因為九重天秀場的整套芭蕾舞彩排，她會遲到。您還有點時間吧？」

「……」

「此外，是我們來早了，還有十分鐘才……當我說『我們』……其實指的是我，我總是守時；整個白天我都在這裡。」

「……？」

「嚴格來說，並不是太辛苦，只是有點悲涼，空蕩蕩的練習室。而且，到了晚上，我還會腰疼，因為在鋼琴凳子上坐太久了。」

「……」

「年輕？我已經不年輕了，都二十六歲了！我之所以看起來老，是因為每天都在做同一件事！二十六歲，帶著一個五歲的小男孩，丈夫又不知去向……」

「……？」

「是的，昨天您見到的那個小男孩，就是我的。當幼兒園時間結束，巴魯琪夫人希望我把他看顧在此，以防我有任何壞念頭。他真可愛，他看著這些女士工作，他已經懂得一些舞步：他真是一個觀察入微的孩子。」

「……」

「是的，我當然曉得，人家總是說這行是老女人幹的工作，我還有時間等頭髮花白了再來做伴奏員；對我而言，與其盲目追求還不如掌握機會。再說，這輩子我已經吃過不少苦頭了，現在只求能安安靜靜地留坐在我的鋼琴椅上……您留意時間？再耐心一點！巴魯琪夫人不會太晚到的……說真的，這是在浪費您寶貴的時間，至於我，這時候，擺弄擺弄拇指，則是按時計費。這等好事並不時常發生！」

「……？」

「我是按時計酬的。兩塊五法郎。」

「……！」

「您覺得不夠多嗎？不過，夫人，您想想，大家都彈鋼琴，我就有一個鄰居在城裡教鋼琴，一堂課收費二十塊錢：她得支付公車錢、皮鞋和她那把破傘的開銷……而我，一整天都在室內，不受風吹雨淋，還太過暖和：熱如煎鍋的練習室有時候還會讓我暈頭轉向。再者，我很滿意能待在演藝圈裡，也算是個補償。」

「……？」

「不，我沒幹過劇場表演。但在生我兒子之前，我曾經是個模特兒。讓我嚐盡滋味，也養成了一些習慣。我再也無法與他人共同生活。三年前，巴魯琪夫人建議我進入歌舞秀場，跳舞……然而，我跟她說：『我不會跳舞。』她回我說：『那又沒關係，你就跳脫衣舞，這樣，就不用像其他舞者那樣跳得累個半死。』我才不要。」

「……？」

「喔！不單單是因為這個。人們口中的脫衣舞孃總是帶有一點埃及風情，這表示身上披掛著十幾磅的金屬加工皮帶、鎧甲胸罩、珍珠腳鏈，還有從這裡到那裡的長項鍊，及沒完沒了的絲巾……不，不只是方便與否的問題讓我婉拒。是天性使然，我就喜歡靜靜地在一旁觀看他人。

「這裡，每天，往來穿梭的不只有歌舞秀場的女士，還有女演員，貨真價實的演員，她們在大道上的劇場裡演出，尤其現在不少劇目裡都加入舞蹈。我得說，一開始，她們都有點兒迷失方向。她們對寬衣解帶都還不習慣。她們穿著出自時尚設計師之手的長裙，她們開始解開裙子，並用安全別針扣著，然後，隨著溫度上升，她們感到不耐，她們解開領扣，接著脫下裙子，還有襯衣……最後，扔掉緊身胸衣，髮夾也跟著落下，挾帶著幾根髮絲，有時候，蜜粉也溼了……彩排工作近一小時，從高貴女士的位置瞧去，您會笑說畢竟就是一個普通的女人罷了！一個全身浸透汗水、氣喘吁吁、暴躁，偶爾口出穢言的小女子。我向您保證，我並無惡意，我樂在其中。做做我的小研究。」

「……？」

「喔！當然不是，我一點也不想變得和她們一樣！光想我就累了。即便在練習課以外，起碼，我想像，她們的日子是如此翻騰……得聽聽她們的抱歉：『啊！我的老天！五點整我該到某處、五點半我該去按摩師那邊、六點整家中有約人！還有三套戲服等著我！喔！天哪！我總是無法辦到！』

「太可怕了。我眼不見為淨；她們只會讓我想睡覺。瞧，那天，朵姬亞夫人——對，正是她本人！——親切地對巴魯琪夫人談到我：『七十五分鐘以來，這名憋腳的女孩反覆地為我的舞蹈伴奏，我才不想在她的位置上！』我的位置，我的位置，就在那，只有它最適合我！一定要留給我，我要求的就只有這麼多。我年輕的時候，有點傻氣，但我已經徹底改變了！我依然感到惶恐。愈是看到那些人的掙扎，愈是讓我想坐下來，在我的位置上……在這裡，我們只看到人們製造出的麻煩。舞台燈光、亮片、戲服、妝彩的容顏、微笑，對我而言這些都不算是表演，所有這些……我所見到的是職業、汗水、發黃的皮膚、沮喪……我不知道如何讓自己瞭解，但是我可以靠想像來填補……我彷彿是唯一明白秀場後台真正是怎麼一回事的人……」

「……？」

「結婚？喔！不，現在，我大概會怕……我說過，我依舊惶恐……不、不，我向您保證，我現在這樣很好，我只想這樣。就這樣，帶著我的兒子，兩個人有這座鋼琴作為避風港……」

女收銀員

那些看門狗躲在牠們朝東的狗屋裡，比起要受西風煎熬的她，還更舒適。通往藝人更衣室的樓梯下方，一個潮溼的窟窿裡，是她過夜的地方，從晚上八點至午夜十二點、凌晨兩點至清晨五點，和一張白色的木桌一起對抗強勁的冷風，冷風將鐵門吹得噹噹響。一側的暖氣和樓梯間的空氣，一冷一熱地吹著她，弄亂她那鑲著假黑珍珠的針織小披風。

二十四年來，她在登記簿上記下檸檬水的需求量，這種飲品無論是在咖啡區或是秀場表演的席間都賣得很好。她的頭頂上懸著一盞燈泡，狀似一顆鴨梨，包裹在綠色襯紙裡，我們首先只能見到漿過的袖口外一隻蠟黃色的手……一隻蠟黃的小手，乾淨，只是拇指與食指因為不停地數硬幣和銅幣而變黑。

在電燈泡的綠影下，只要細心一點和有些經驗，我們就不難發現這位女收銀員的面容特徵，一張猶如老蜥蜴般滿是皺紋的臉，褪了色，看似可怕其實親切善良。如果我們在臉頰上刺一下，要是不流出血，是否會流出酒漬櫻桃那蒼白的汁液？

當我從我的梳妝間走下來，女收銀員從第五排酒漬櫻桃罐上方將鑰匙遞給我；酒漬櫻桃是本場所最出色的飲品：每個小酒杯中有五顆，排成尖塔狀，好像法式花園裡那些被修剪得尖尖的灌木。

關於女收銀員，我只認得她因書寫習慣以及獻殷勤而前傾的上半身……她比我更早來到哥布朗秀場。她會走路嗎？她有大腿、雙腳、女性的身體嗎？二十四年來在這張小木桌後方，這些都應該消失了吧。

一隻蜥蜴，不錯，一隻皺巴巴的小蜥蜴，脆弱衰老，但並不可怕，總之，從她尖細的嗓音中透出些許威嚴，同時她對所有人表現出眾生平等的良善。女收銀員對咖啡管區的服務生發出幾個「嘖嘖……」聲，像是女教師面對一群吵鬧的孩子；對藝人們則是當不可救藥、輕率或是可憐的孩子看待。身著藍色工作服、頭髮花白的機工領班，對她用小男孩的方式說話；十八年前他就在這間秀場服務了！

女收銀員隱約地感受到自己就和這棟建築物一樣，恆久不變，辛苦疲勞。她身處窟窿的那面牆，從未粉刷過，黑得發亮，浸透著一層釉上的、不可磨滅的汙垢：儘管我是無心的，我還是想到，義大利的庫邁（Cumes）洞穴，千年的煙燻痕跡、一盞從未熄滅的燈泡痕跡……

透過洞穴女巫的三言兩語，我便可以知道今晚的人潮是稀疏還是絡繹不絕，檸檬水是靜止還是川流不息。她告訴我我的臉色如何，告訴我二樓看台氣氛，還有今夜「一開始」是如何轟動。

此外，我甚至知道外面天氣冷，還是轉潮了……天氣？她曉得這件事嗎？來到她這個通風的窟窿，她不離開另一個遙遠、晦暗的地下室嗎？不乘坐地下鐵嗎？地下，永遠在地下……

交響樂沈悶的聲音傳到女收銀員這邊，有時候傳來一陣音樂帶著女高音的尖叫……爆出劈劈啪啪的掌聲，彷彿寶石在遠方閃爍著眼花撩亂的光芒。

女收銀員側耳傾聽並且對我說：

「您聽見了嗎？都是給小嘉蒂的掌聲。她在這裡混出名堂了。這顯然是一類，她那一類……」

聲音變得謹慎、客氣；換由我來猜那個沒說出來的祕密，對所有歌舞秀場的生物而言是一個悲憫的蔑視……

女收銀員喜歡哥布朗的黑暗與汙垢，喜歡她所處的窟窿、綠色燈罩還有浸漬在白蘭地裡的櫻桃……她才不管舞台上發生什麼事。當我從舞台上回來，氣喘吁吁，我對著她大喊：

「今晚真是高朋滿座哪！我們連續被安可了四次！」

她對我微笑並答道：

「如果不想感冒，趁現在趕快躲進您的更衣室吧，順便給身體搽上花露水。」

她不再多說什麼，只用柔和的目光看著我半開的裙子，看著我赤裸的雙腳……

就是在哥布朗這間溫暖又黑暗的保溫箱，才會孵出令人無法忍受的小嘉蒂：兩條纖纖玉腿，如天線一般敏感又機靈；刺耳的易碎嗓音——宛如昆蟲的腳，斷了又長——那天我還在女收銀員身邊讚美這位天生做舞者的歌手。

「是的，」女收銀員承認，「人家都說她很辣，有一雙放肆的腿，我哪知道？再說，您知道她有個女兒嗎？不知道？喔，夫人，她真是一個美人胚子！可愛又有教養！兩歲，她知道說請、謝謝，還會親吻禮！……懂事！人家可以整天留她獨自一個人，您想想！」

事實上，我在想。我思索，一位洩氣的衛道人士、一位謹慎又誠摯的批評家躲在哥布朗鐵梯下方的黑暗窟窿裡。我們這位皺紋滿面的女巫並不會對我們斥責：「你們這些迷途歌女，家庭、道德、衛生保健，難道對你們而言都已經失去意義了嗎？」她微微笑，喃喃覆誦著最後結語那句話：

「想一想吧！……」

無須再添加什麼，我想像得到，在郊區的一間住所裡，一個懂事的，被棄置的，鎖在門後的，兩歲嬰兒，乖乖地等著她的媽媽結束舞蹈演出……

女服裝師

「夫人，是我，服裝師。夫人還有什麼需要嗎？」

「……！」

「啊？這不就是一個驚喜？我當初就知道會給您留下印象。對啊，就是我！您沒想過會在這裡找回您在九重天秀場的珍妮吧？是啊，我冬天都待在尼斯，像那些英國人一樣。都好嗎？天天開心？」

「……」

「我也差不多，還有什麼好說的呢……」

「……」

「是、是，當然，我來替您更衣。第一齣戲，有了，是這套藍色裙子還是這件粉紅色的內飾？」

「……」

「好！只要說過一次，我就不會再搞錯了。這件柔軟的細紡紗，上面不帶任何花紋，可真貴氣。很好穿。您還記得嗎？這和九重天秀場的小米希安的服裝一模一樣。」

「……？」

「小米希安，您也知道，就是在航空壓軸戲、在今年春季活報劇裡演出的那位！您瞧，與您當時在九重天秀場的服裝一比，這下子就很不同了？」

「……？」

「就是上一個冬季啊！農婦裙子、頭裹包巾、腳穿木鞋……當我在這裡的海報上看到您的名字，心臟差點跳出來，就像看到在九重天演戲的您，讓我還一度以為自己就在那兒！」

「……？」

「我？才沒有。無聊，還得有閒工夫。在這裡，我可是很忙的：這裡的梳妝室都由

L' Envers du Music-Hall

我來整理，一週兩次，因為秀場裡沒有其他服務生。瞧，這麼小的一個劇場！接著還有講座，我得在那邊替來演出的女士服務，或是扣別針這一類的事……我還不提演出的當下，整個走廊有夠淒涼；坐在那兒的椅子上，我全身打哆嗦。我打瞌睡，有兩次醒來以為自己還在九重天秀場……當我們在同一個秀場幹了十五年的服裝師，我可以說，十五年的良好服務！我從未有來自巴爾奈夫人的責難，她就是你們口中的『老闆』。夫人，她是一個優秀的女人！對懶人而言，她可能是嚴厲的。難免，人們不理會她的辛苦。您可還記得上一齣活報劇，我有十六位夫人要服侍，八個在走廊上，其餘八個在樓梯間，您也知道，因為空間不足，樓梯間都成了更衣室。我不敢說這樣是最方便的：脫換衣服的人最不喜歡看見樓梯有人上上下下……還不說有穿堂風呢……想想當時，有十六個人哪！我的指頭都被衣扣別針給扎慘了。不過，夫人，我可是不曾錯過任何一個入場！」

「……？」

「當然啊，我在這裡很滿足！為什麼您會以為我不快樂？拉夫爵爾先生對我非常好。他還雇用了我兒子，今天晚上第一天上工。」

「……？」

「喔，不！不是藝人，您別指望！他從小道具管理員開始幹起。這麼說起來你們兩個都是新進成員。還不是為了他的健康著想，我才會來到這裡。醫生說：『他有支氣管疾病，最好到南法去修養。』拉夫爵爾先生聘雇了我們。」

「……？」

「才不，您不會遲到！這裡，我們還會趕不及嗎？節目雖說八點半開演，實際上要到九點才真正開始。啊！我們已經不在巴爾奈夫人的秀場了！那邊，就像我一直跟您說的，嚴格守時是基本原則。」

「……？」

「您現在聽到的這聲音嗎？是第二齣戲的歌手們，也就是有您舞蹈表演的那一齣。您聽聽！您聽聽！對你吼、對你唱，不相上下！沒有風度，不知尊重。您聽見了，可不是？這下子，我才不相信自己是在九重天秀場！您曾經在那裡待過，您有資格說，我們會聽到如此參差不齊的歌聲嗎！要是在小劇場與歌舞雜耍表演咖啡館，這兩個場所，還說得過去！」

「……」

「啊！您儘管嘆氣！有幾次，我忍住不對她們說出我的意見。那天，一位夫人劈頭就對我說：『珍妮，人家沒穿衣服，快把門關上！大家知道您在歌舞秀場待過！不然也不會雇用您！在秀場，我們不需要像您這樣的小米蟲！我們需要口袋裡有點東西的人……』講話還是要有所保留，不是所有真話都能輕易說出口……這金褐色的皮鞋和長襪，您第二齣戲舞蹈時不需要用到吧？」

「……！」

「很可能是一齣希臘劇，但您不穿些什麼凸顯特色，褐色的長襪或是這雙鞋。好了，當我什麼都沒說……您沒有再回去那邊嗎？」

「……」

「那邊，九重天秀場啊！我的同事，馬汀大媽，您大概也不知道她還在不在那兒？」

「……」

「算了。我很想知道她的消息。她曾經答應要寫信給我，但提筆寫信這念頭會讓她心痛不已。您知道，我受聘到此，讓不少人嫉妒。『去尼斯！馬汀大媽說去尼斯！您可是地位顯要！您還可以去蒙地卡羅大賺一筆！』」

「……？」

「不，我沒去過。但我一定會去！一定會去，就是為了對他們說我去過那裡。我會跟馬汀大媽還有卡夫里耶夫人說……」

「……？」

「卡夫里耶夫人，小說家，哈歐爾的姊姊……」

「……？」

「喂！老天！您真健忘！卡夫里耶夫人，她丈夫就是在台下戴著高禮帽鼓掌的那位，她妹妹是美國舞孃，她兒子就在表演廳裡販售節目手冊！我真想不到您……對了，還有麗塔，您也不記得了？我就知道！她已經不在了。」

「……？」

「不在九重天秀場啦！」

「……？」

「怎麼！我和您不是都一直在談論九重天秀場嗎？您以為我還能對您談論什麼其他的？啊！您依舊捉弄我！我對您有幾分友誼，因為我們曾經一起共事……我可以對您說一件事，只對您說喔，不要取笑我：昨天，我在《戲劇雜誌》上讀到九重天秀場的耶誕活報劇紀要。做了首次配合服裝、道具的總彩排，知道他們忽略了我，雜誌從我手中落下，我像個老糊塗似地開始哭泣……」

訓練有素的狗兒們

「抓住牠！抓住牠！……啊！小雜種，該好好教訓一頓！」

瑪奈特從舞台技師手中掙脫，朝靜候在那裡的柯拉撲上去。這隻小狐狸狗具有敏捷的跳躍天賦，但牠的尖牙穿透英格蘭牧羊犬濃密的毛，輕微刺傷頸部的皮膚。柯拉並沒有立刻還擊：朝舞台響鈴豎直耳朵，上翹的嘴唇直逼眼睛，牠僅用兇狠的狐狸嘴臉，以及猶如肥貓打呼嚕的幾聲嘶啞恫嚇牠的同伴。

挨在主人的懷抱裡，瑪奈特豎起背脊上宛如豬鬃的毛，低聲咕噥……

「牠們又打架啦！」舞台技師說。

「你覺得這是在打架？」哈利回應道。「這還不是牠們鬥得最激烈的呢。項鍊拿來，快點！」

他在柯拉的頸子綁上淡藍色的絲帶，襯托著身上那件成熟小麥色的裙子；技師則替瑪奈特的背繫上哈巴狗背帶，綠色絲絨質料，鑲滿黃金、獎牌和鈴鐺。

「抓緊她，待我穿上這件短上衣*……」

染了汗漬的茶褐色針織背心，藏進寶藍色的仿古騎兵短衣，肩墊得老高，收緊身材。柯拉，由舞台技師抓住，瞄準瑪奈特的後臀，高聲哀鳴，受到驚嚇的瑪奈特，抽搐，眼睛充滿血絲，耳朵向後鼓起。

「好好地撫摸一番，也許能使牠們安靜下來？」穿著藍色工作服的技師隨口說道。

「收工前絕對不可能！」哈利直截了當，毫不含糊。

落幕之後，他檢查作為障礙道界限的柵欄，加強障礙物與板凳，用羊毛抹布擦拭接下來英格蘭牧羊犬將要彈跳的跳板金屬桿；匆匆糊貼而成、尚且潮溼的雜耍紙圈，也是由他一一搬回休息室。

「凡事都由我一個人搞定！」他表示。「我有大師的眼光……」

---

*Dolman，帶有肋狀盤花鈕的仿古騎兵短衣。

在他背後，道具師聳了聳肩說：

「大師的眼光，沒錯！對團員卻一毛不拔！」

「團員」，這個由兩隻狗兒組成的哈利雜耍團，對一天有十五法郎收入的哈利並無積怨。

「要養三張嘴十隻腳，十五法郎並不算多啊！」道具師承認道。

三張嘴、十隻腳、兩百公斤重的行李。一整年，帶著這些巡演，幸好有半價三等車廂。去年，還多一張「嘴」要養，就是那隻死掉的白色貴賓犬：上了年紀的老狗，壽終正寢；牠熟悉所有國內和國外的秀場。哈利為此感到遺憾，依舊不斷吹捧死者夏洛的功績。

「夫人，牠可是樣樣都能幹。華爾滋、翻筋斗、彈跳、算術，所有狗招數！畢竟，牠教會我訓練狗馬戲團！牠熱愛工作，只有工作，別無其他。最後幾次，要是您看見牠上午的樣子，您大概不會大方給出四十塊錢：垂垂老已，年紀少說也有十五歲，被風濕病搞得全身僵硬，淚屎直流，鼻頭由黑轉灰。牠只在該上工的那一刻醒來，這便是牠了不起的地方！我替牠妝彩成一個年輕小生：鼻頭塗上黑色妝粉，用油性彩筆修飾老是黏著眼屎的雙眼，澱粉末撒滿全身使其雪白完美，最後綁上一條藍色的絲帶！不騙您，夫人，牠復活了！牠用後腳行走，一直打噴嚏，在人們敲三聲響之前不會休息……下了台，我用毯子將牠包裹起來，再用酒精替牠擦拭、按摩。我盡力延長牠的生命，一隻訓練有素的貴賓犬，無論如何也無法天長地久！

「那兩隻小母狗，牠們都很好，不只這樣，牠們喜愛牠們的主人，但是害怕皮鞭子，牠們有理智、有知覺，就是沒有自尊。牠們演出時好像老牛拖車，不增一分、不減一分。這樣只能算是幹活匠，算不上藝術家。看上去平淡無味，像是表演結束了，而觀眾並不喜歡這樣。也有觀眾會覺得這兩隻畜牲在愚弄他們，或者毫不尷尬地認為：『可憐的畜生！好不悲哀！為了耍猴戲，一定是受盡了虐待！』我倒想看看他們，這些愛狗人士要怎麼訓練狗兒！他們會打退堂鼓的。糖果、皮鞭，皮鞭、糖果；還需要很大的耐心，不

L' Envers du Music-Hall

然別想從這裡走出去……」

兩個「勤勞的幹活匠」，此時，目不轉睛地盯著對方。瑪奈特棲身在一塊五顏六色的木砧高處，緊張地顫抖；柯拉，面對著牠，壓低耳朵，像隻惱怒的貓……

一陣顫音，交響樂中斷讓觀眾失望的沈重波爾卡舞，奏起一齣華爾滋慢舞；服從信號指示，兩隻小母狗端正姿態：認出這是牠們的華爾滋舞曲。柯拉懶洋洋地搖著尾巴，豎起耳朵，擺出中性、友善、無趣的表情，好似歐仁妮（Eugénie）皇后的肖像。瑪奈特，張狂，有光澤，稍嫌肥胖，盯著費力升起的布幕，接著哈利出現，打喝欠，火氣大、口乾得直喘氣……

工作開始，沒有意外也不見反抗。柯拉，下腹鞭打的疼痛警醒牠跨欄不能作弊。瑪奈特用前腳行走，華爾滋，吠叫，一樣表演跨欄，最後直挺挺地站到黃色英格蘭牧羊犬背上。就是一齣普通無誤的戲碼，沒啥可挑剔的。

脾氣執拗又愛嘮叨的人們也許會指責柯拉有王侯的冷漠，責怪小狐狸犬虛情假意……很顯然，那些愛嘮叨的人們不必耗上好幾個月巡迴演出，沒見識過狗籠貨車、小旅館，也不曉得什麼是吃不飽卻也餓不死的空心狗飼料、長時間於車站徘徊、太過短暫的散步排泄時間、狗鏈、嘴套，尤其是空等待：等待煩躁的練習、等待出發、等待食物、等待挨打……難搞的觀眾才不會明白訓練有素的狗兒們花時間等待，自我消耗……

今晚，這兩隻狗兒只等待表演結束。一旦落幕，真是一場混戰！哈利趕上前，將兩隻互咬得遍體鱗傷、絲帶殘破的狗兒們隔離開來……

「好樣的，夫人，牠們倆就是在這裡染上這個壞習慣的！」他怒氣沖沖地吼道。「通常，牠們挺相親相愛的，和我睡在同一個旅館房間。單單就只有在這裡，這是一座小城，不是嗎？卻無法如我們所願。旅館老闆娘對我說：『我只接受一隻狗，而不是兩隻！』那麼，既然我是個講求公平的人，我只有輪流讓其中一隻狗睡在劇院裡，睡在上鎖的吊籃裡。牠們立刻明白輪流到旅館過夜這事。於是，您剛才瞧見的鬧劇便每晚都發生。早上的時候，牠們溫馴的如綿羊；隨著被關進籠子的時間逼近，牠倆就開始爭風吃醋地互咬！您還沒看見呢！這才真的是一場秀，將被我帶回旅館的那隻，還會故意跳到被我鎖進吊籃裡的那隻旁邊尖聲亂叫！我也不願意搞差別待遇啊。我也是盡可能做到我所能做的，不是嗎？」

這晚，我並沒有看見瑪奈特光彩、高傲地離開；我見到被關起來的柯拉，一動也不動地被絕望覆蓋。牠金色的毛摩擦碰撞著吊籃的藤條，狐狸式的鼻吻露在外面。

牠聽著主人的腳步聲與瑪奈特的鈴鐺聲漸行漸遠。當鐵門關上，牠鼓起胸口吐出一聲哀鳴；牠還記得我仍然在這兒，而我聽見的卻是一聲人的長嘆。然後牠勇敢地閉上眼，睡去。

神童

「這場表演裡實在有太多的孩子，您察覺到了嗎，夫人？」

這句話一本正經、生硬地向我傳來，發自一名壯碩的金髮婦人——專跳圓舞曲——當下，她正裹著一件和服，就是在所有歌舞秀場更衣間都找得到的那種和服。她身上的那件是粉紅色的，有鶴的圖案印花；我這件是藍色的，上面灑滿紅綠顏色的小扇子；女訓鴿師則有一件淡紫色的，點綴著黑色小花。

那名壯碩的婦人，鬱不開心，被三名孩子推擠；孩子差不多和獵犬一般高，全都穿著印第安紅人的裝束，一邊卸妝一邊跑上樓。她那苦澀的句子卻是針對一名帶著某種憂傷女管家氣質，全身黑色裝扮，在走廊裡躊躇徘徊、不發一語的婦人。

話說回來，這名壯碩的婦人在打量了女管家之後還刻意地輕咳一聲，旋即回到她的更衣室。女管家在我身旁聳了聳肩，泛泛地微微一笑。

「是針對我她才這麼說的……她覺得在這場表演裡有太多孩子……呃，所以，首先就是我，我的孩子！……」

「怎麼？您不高興？『莉莉公主』可是相當成功呢！」

「是啊，這我很清楚……我的女兒讓人不知所措，不是嗎？是我的女兒，我真正的……我來替您將背後的鉤子扣上，等等，您一個人沒法辦到……讓我來吧，我習慣了。再來，我還有時間，沒有其他事要忙。我女兒在髮型師那邊，他教她英文……我想在您這裡逗留個幾分鐘，說說話……因為她剛才和我吵了一架……」

從鏡子裡我看見，在我身後，站著一個含著淚光、善良謙卑的身影……

「她確確實實地和我吵了一架……夫人，我跟您說，這孩子才十三歲，就讓我不知所措。喔！她一點也不像十三歲的孩子，舞台上那些人還給她做更稚齡的打扮。我這並不是在否認她或是講她壞話。

「不是要奉承她，但我們可以肯定除了她以外沒有其他人比她更漂亮、更可愛，尤其當她穿著一身雪白娃娃裙拉小提琴的時候……還有當她做小拿波里打扮並用義大利文唱歌的時候，您看過嗎？還有她的美式舞蹈，您也看過嗎？

「觀眾知道分辨好看的戲碼，比方說我女兒的，和剛剛上樓那三位小可憐演出的差別……他們多枯燥乏味啊，夫人！而且膽怯……表演有任何一點小差錯目光便慌亂無主：『真同情他們！』那天我這樣對莉莉說。

「『啐！』她回應我。『他們一點也不有趣。』

「我曉得這帶有競爭挑釁的意味，才使她這麼說，但無論如何，她有時吐出的字眼還是會讓我很震驚……

「我正在向您訴說這些，不是嗎？僅止於我們之間……我太過激動，因為她頂嘴，畢竟，我是她親生母親哪。

「啊！那位讓莉莉站上舞台的人，我並不感謝他！然而他是一名優秀的紳士，寫過不少舞台劇本子。那時候，我白天在他太太家幹活，做點女士內衣的縫補工。太太非常和藹可親，她希望莉莉放學後直接到她家等我。

「某天，也就是將近四年前，剛才說到的那位紳士正在尋找一位聰明的小女孩擔任一個角色，他半開玩笑地要求我讓莉莉試試看……沒多久，夫人！這小丫頭真讓人驚訝。泰然自若，記憶力強又懂得抑揚頓挫和所有一切的一切！我啊，本來不以為意，直到我見到人們給莉莉每天八法郎的報酬……這麼一來您還想反對什麼？

「在這齣戲之後，還有下一齣、又一齣。每一次，我都說：『這次，是莉莉最後一次演出！』人們卻總在後頭說：『您還是閉嘴吧！要不您就放掉縫補工的活！您還不明白您手上可是握著一個金童啊！再說，您沒有權利扼殺她的天賦！』諸如此類，說三道四，我便不再吭聲……

「這時候，我女兒便自行設法應付，真該讓您瞧瞧！一些名人相互用『你』稱呼，對著劇場主任說『我的親親』，她卻像個公證員一般嚴肅，惹得大家都笑彎了腰。

「後來，兩年前，我女兒失業了。『謝天謝地！』我心裡這樣想：『我們終於可以喘口氣，並且用劇場賺來的微薄積蓄安家！』盡我的責任，我把這些對莉莉說；她那副什麼都知道的態度，著實讓我啞口無言。您知道她是如何回答我的嗎？『我可憐的媽媽，你在胡說八道。真不幸，我不能永遠都十一歲。這無關哄騙。本季的劇場確實沒事可做，但是還有歌舞秀場，不妨玩一次！』

「夫人，您想想，她被身邊不相干的人鼓舞著哪！像她這麼富有天分，很快就學會了歌唱和舞蹈……而她所掛慮的事就是長大。每兩個星期我替她測量一次身高；她卻希望保持個頭矮小！上個月，因為長高兩公分的事，她竟然反抗：『你怎麼不把我生成侏儒。』她如此責怪我。

「更可怕的，是她在後台與權威人士那裡學到的言行舉止！她太過分了，而我卻無能為力……今天，照樣，她頂撞我。她回應不當，我當場大發雷霆：『得了！再怎麼說，我都是你的親生母親！我要是立刻捉起你的手，走人，不讓你再搞劇場了呢？』

「那時她正在畫眼妝；她連身子都不轉一下，便譏笑說：『不讓我留在劇場？啊！

啦、啦！難道是由你代替我唱輕佻歌曲 *chiribiribi* 來支付房租嗎？』

「夫人，您可知道，淚水當場湧上我的眼眶：真不堪啊，遭到自己的親生子女羞辱……然而倒不是這件事讓我難過。是……哎，我不知道該如何解釋得好……有時候，我看著她，心想：『我的女兒，她十三歲了。九歲時被帶入劇場。彩排、後台閒話、管理不公、爭寵當紅牌、同儕嫉妒、和樂隊指揮過不去、舞台技師太遲或太早開閉幕、賞耳光、服裝師又出錯云云……四年來，她腦袋裡想的和嘴上講的都是這些。四年來，我不曾聽到她的童言童語……再也不會，永遠不可能再聽到她像同齡孩子一樣說話，我的孩子……』」

Paris

L' Envers du Music-Hall

自生自滅

Le laissè-pour-compte

I.

舞台技師們都稱她為「高檔情婦」，舒梅茲一家人——八名雜技演員，他們的母親、妻子以及「小姐們」——從來不願談及她；至於雙人舞者，伊妲與赫克多，則嚴厲地說她是「本行之恥」。賈娣，來自蒙馬特的算命師，一見到她便用極粗的女低音驚呼道：

「啊！啦、啦，這怪人！」

對方則用一個皇帝似的睥睨眼神作為回應，從頭審視到腳，還擺出炫耀身上貂皮長圍巾的姿態……

這名被大家唾棄的人，在觀眾面前被喚做「蘿薩卡」。然而對歌舞雜耍秀場裡的人員來說，蘿薩卡等於「毒藥」。僅僅六天前，她的存在著實讓九重天樸素的地下室驚惶失措。舞者？歌手？呸！這稱不上、那也稱不上……

「她只是虛張聲勢，如此而已！」伯拉格安撫道。

她唱俄國歌曲、也跳西班牙霍塔舞曲*、塞維亞那舞**以及探戈，都是經由一名義大利芭蕾舞名師指導與修正——「法式口味」的西班牙罷了！

自從星期五的交響樂彩排開始，整間秀場裡的人都歪著頭看她。蘿薩卡戴著帽子，穿著有如自由女神般的長裙，雙手插在袖套裡，用後腳點著霍塔舞的節拍，突然停下來吼道：「我的老天，不是這樣！不是這樣！」急得跺腳，對樂手們直喊：「畜牲！」

在長廊上縫補兒子們緊身衣的舒梅茲母親，差點掉頭走人。

「這還稱得上藝人！舞孃！哈，我看是路邊的野妓才對！」

蘿薩卡持續耍大牌，用伯拉格具有說服力的隱喻是她「吃了熊心豹子膽」，粗暴地對待道具師、咒罵電工師傅，挑剔地要求開場時要藍色的腳燈，落幕時是紅色的投射燈，又還有什麼？

---

* Jota，西班牙阿拉貢地區的民間舞蹈。主要用吉他與響板伴奏。

** Sevillana，一種三拍子的西班牙民間舞蹈。

「我在歐洲各地的秀場演出，」她叫道，「從來沒見過一個組織如此鬆散的工作場所！」

她對所有「R」都語帶侮辱地發出打舌音 rrr，彷彿朝人臉上扔擲出無數的碎石子……

在有交響樂伴奏的彩排裡，無處不見她的身影，聽見她的吆喝。晚上，我們察覺到原來她們有兩個人：穿戴著假黃寶石，以及紫色亮片閃閃發光的棕髮蘿薩卡面前，一名金髮、優美、無主見的孩子有氣無力地舞蹈著。

「這是我『咩妹*』！」蘿薩卡宣稱，「什麼都不用問她。」

蘿薩卡此外還用帶有侮辱性的語氣「噓（許）下諾言」，使得在場的老實人為之氣結。

---

*人物蘿薩卡是一名俄國人，作者在此強調她的異國口音以及強烈的打舌音。譯者選擇用近音字、別字翻譯之。

妹妹、聽話的窮表親、又或者是一名為五斗米折腰的小舞者，沒人知道。總之是一名年紀尚小的孩子，半休眠狀地舞動著，盲從，倒是有個好看的外表，一對褐色的眼睛，睜得大大的卻空洞無神。當塞維亞那舞曲一結束，她靠在佈景支架旁歇息一分鐘，張嘴喘氣，然後不聲不響地回到地下室，換蘿薩卡開始她的探戈舞蹈。

「又是一個只會用手跳舞的！」伯拉格大聲地說道。

她舞動雙手、胳臂、腰、眼睛、睫毛、頭髮，笨拙的雙腳，卻完全不知道該怎麼辦。不過蘿薩卡那不知打哪兒來的自高自大掩飾了這一切，包括她肆無忌憚愛慕虛榮的舉動。她對錯亂舞步表示滿意，為錯漏的擊跟踏步鼓掌，不等氣息調和便鑽進後台，高談闊論，鬼話連篇，有著法國南方人豐富的表達力，卻是來自俄國。

她和所有人說話，隨和的像一名喝醉酒的公主。她抓住舒梅茲其中一名金髮兒子、穿著淡紫色緊身衣的肩膀，他漲紅的臉，不敢抬眼也沒膽逃跑；她將舒梅茲母親擋在一角，後者對她發出幾聲冷淡的「咿呀」，像是賞出幾個耳光；笑嘻嘻的舞台監督傾聽各方議論，伯拉格則在她高談闊論的時候輕吹口哨！

「我的家庭……我的國家……我是俄國人……像我的同胞一樣，我會講十五國語言……為了這齣不怎樣的戲碼，我花了六千法郎的置裝費……親愛的，您等著瞧，我的都會禮服！金錢對我而言不算什麼！我不能對您說出我的真名：哎唷，還不知道會發生什麼事呢！我父親的地位可是全莫斯科最顯要的。您知道，他已婚！不過他沒娶我母親……他卻給我所有我想要的……您有看見我妹妹嗎？她真是一個廢物。我痛打她，她還是什麼都不想幹。但至少她很單純！您知道，對我的人生來說，她真是如此！去年，您沒見到我在柏林的演出嗎？務必要看啊！一齣耗費三萬兩千法郎的戲碼，親愛的！還有那名無恥的舞者，卡斯帝洛。他偷了我的錢財！不過等我們一進入俄國邊境，我立刻就將此事全告訴我父親，卡斯帝洛便被關進監獄。在俄國，偷竊行為是罪無可赦。坐牢就真的是坐牢！別想出來！」

她邊說邊做出上鎖的動作，搽上藍色眼影的雙眼惡狠狠地閃爍著。接著她下樓去，

氣喘吁吁地回到她的梳妝室，賞她「妹妹」幾個耳光來放鬆神經。劇院裡精彩的巴掌聲，迴盪，卻真的不偏不倚地打在這名孩子的臉頰上。我們在廊道間聽得清清楚楚。氣急敗壞，舒梅茲母親說要「一狀告上法兔（院）*」，緊緊地將家裡最小的兩個孩子，七歲與八歲的，摟在懷裡，彷彿那名「毒藥」會過來打孩子們屁股……

到底是什麼惡火燃燒著這女人？一週尚未結束她已經朝樂隊指揮頭上扔出一只緞面拖鞋；以「皮條客」的姿態對待秘書長；抽抽噎噎的服裝師，被指控為珠寶竊賊……九重天秀場的夜晚不再安寧，難道和平都沈睡在上鎖的牢房裡了嗎？大家都受不了了。「毒藥」把一切都搞砸了。

「她讓我厭煩！」賈娣威脅道。「她欠我個道歉！經過一扇門的時候與我碰撞，連聲道歉也沒有，我要把她趕走！」

---

*該人物說法語時 b, d, p, t 不分，將《plaintre au tribual》說成《blaintre au dribual》譯者選擇用近音字、別字翻譯之。

伯拉格差一點也要幫賈娣一把：他不能忍受蘿薩卡無可饒恕的成功，光彩奪目地站在處處補丁的連身衣、反覆熨燙褪色的長裙以及烏煙瘴氣的佈景間中，宛如一枚鑲在仿造夾頭上的珠寶。

「我還是喜歡我這份安穩。」伊達在伯拉格耳邊小聲說道。「從來沒人叨擾我和我丈夫，不是嗎？嗯，當我退場，我雙手舉起直立的赫克多，沒騙您，我看見那個『毒藥』在我倆後方竊笑，我差一點沒將赫克多往她頭頂上摔過去！」

沒人管那名金髮小「妹妹」，她不發一語，夢遊般地跳著舞。人們在廊道裡遇見她，她肩頭上吃力地扛著尿壺或是盛滿水的水桶。她踩著一雙黏呼呼的拖鞋，身後吊掛著襯裙。

表演結束後，蘿薩卡給她套上一件滑稽、編有後腰帶的長裙，在她年輕扁平的身上顯得有點寬鬆，還有一頂幾乎遮掉她半身的帽子，然後領著搽抹胭紅、睫毛膏的她，奔向夜的懷抱。她安置好聽話、半夢半醒的她，坐到雞尾酒前，在那些萍水相逢「朋友們」

的玩笑間，她又開始高談闊論，鬼扯胡謅：

「我父親……莫斯科的高級官員……我會說十五國語言……我啊，我從不說謊；我的同胞，俄國人，全都是騙子……我曾經搭乘某王子的遊艇環遊世界兩次……我所有的珠寶全在莫斯科，我家人禁止我將它們穿戴上舞台，因為有公爵的封冠……」

小妹恍惚夢寐。當其中一位「朋友」掐一下她纖瘦的腰身或是輕撫她敷有珍珠白粉的頸子，她便驚跳起來。她這一驚動引發了蘿薩卡的暴怒。

「老天！走啊你？你還杵在那做啥？這是什麼人生啊，身後拖著一無事處的女孩！」

她要整座餐廳還有她那些「朋友們」一起見證：

「您們都看見了，她不就是個廢物嗎？我耗在她身上的錢，這張桌子還擺不下哪！每一天，我都因為她什麼也不想幹而哭泣！」

受侮蔑的孩子一根眼睫毛都沒眨一下。這雙褐色的，既神祕又空洞的大眼睛，是在渴望哪一段年輕的過去，又或者哪一場消遣？

II.

伯拉格專橫地命令道：「這孩子，就將她擺在跑龍套的位置上。多一個、少一個，沒差……她還是能賺得那四十塊錢……雖然我不是非常喜歡利用臨時演員……我再一次說這件事就是要大家知道……」

伯拉格以主宰者的姿態對著九重天秀場的黑色王國宣講，他身為默劇演員與導演的雙重身分確保他絕對的權威。

「跑龍套演員」看來並不在乎。她含糊地道了謝，伴著一個空泛的微笑，這笑容還不到侷促的咖啡色眼眸便打住了，她那垂晃的雙手，扭捏地抓著一個褪色小手提包。

伯拉格剛才給她取了一個綽號：「跑龍套的」。上個星期她還是「一無事處的妹妹」，拿的是以物易物的報酬。

此外，她讓人不敢惡言相向，甚至不敢獻殷懃，遭到蘿薩卡，她的「姊姊」，不聲不響地遺棄，僅給她留下三件絲質破襯衫、兩件過大尺寸的套裝，以及鑲有水鑽的扣式皮鞋、一頂帽子還有她倆一起露宿在湧泉街的房間鑰匙。

蘿薩卡，那名「毒藥」、暴躁狂，對任何一點驚動便怒發雷霆的人，竟離奇地在不為人知的情況下帶著她四個大皮箱、「戶口名簿」、以及她那位能在莫斯科「呼風喚雨」父親的相片一起消失無蹤，卻忘下那名和她一起跳舞演出、溫馴、無精打采、像是奇恥大辱的妹妹……

「跑龍套的」她並沒有哭、也沒有喊。她將自身的情況用簡單的字句，咬著與她那副綿羊般外表相稱的佛萊芒地區口音向主任夫人陳述。主任夫人並沒有發出母性的抗議，相對的是如伯拉格或是賈娣一樣的同情驚嘆。「跑龍套的」滿十八歲了，是該自立與設法對付困境的年紀。

「十八歲！」患支氣管炎的賈娣嘀咕發牢騷。「十八歲！她想要我同情她！」

伯拉格，歸根究底是個正直的人，發出好意說：

「我先前說四十塊錢，對吧？我們就先給她三法郎讓她有時間考慮。」

自此，「跑龍套的」每天，下午一點，都過來坐在九重天秀場的帆布椅上，等待上場。伯拉格號令：「娼婦們，上台！」她爬上連接樂池的步橋，走到一張貼有鋅板黏呼呼的酒館小桌子前站定位。目前正在進行的默劇排練，她將穿上一件修改過的粉紅色連身裙，扮演蒙馬特酒店「優雅的宵夜女郎」。

從包廂望去，我們幾乎看不見她，因為人們把她安排在舞台的最後方，被幾名頭戴寬邊帽、高大、憋腳的仕女臨時演員遮住。道具師於她前方的桌上擺了一個空杯子與一支湯匙，她用手撐著頭，稚氣的下顎墊在髒兮兮的手套上。

真是一名天真無知的女孩。她在台上從不多話，她不抱怨冷風吹得她雙腳發凍，她沒有蜜希安那對楚楚可憐、迷失、餓鬼般的眼神，也沒有如生有一堆孩子的梵妲那樣焦慮不安地工作：無時無刻從口袋抽出一只孩子的破襪，或是暗地裡縫補法蘭絨外套……

「跑龍套的」再度被大夥遺忘：「得了！」彷彿眾人的冷漠讓她擺脫存在的憂慮。來自米蘭的遲鈍芭蕾舞演員，全身上下掛滿賜福金牌、珊瑚角之類的珠鏈，皮膚上留有天花疤痕，相形之下，「跑龍套的」還比她更少開口說話。至少，遲鈍的米蘭舞者只在被輕蔑的時候才會閉上嘴，用她的拳頭、跳腳、以及吃奶的力氣奮力一搏，無可饒恕地演變成水手的肌肉競技。

台前，伯拉格忙忙碌碌，坐立不安，虛耗體力。

「虧他能流汗流成這樣！」冷得臉色蒼白的蜜希安嘆道。

默劇演員伯拉格真的在流汗。他耗盡精神試圖對穿著珍珠皮草的小蕩婦、固執的補衣婦、傲慢的舞孃傳達他的信念，他的激情。他——喔，癡狂——要求蜜希安、梵達、和那位義大利女孩表現出對表演動作感興趣：

「天哪！我跟你們說就是這兩個人開始爭吵的時候！當這兩個人打架打到你們身

邊，你們的反應就只是這樣？動一下嘛，我的老天！做出『啊呀！』之類的反應嘛，試想酒館爭執謾罵的情況，還有，裙子是像這樣收在一邊！……」

一小時的賣命、咆哮、暴怒，伯拉格終於安靜下來，養精蓄銳，同時推敲、練習他的主戲：讀取母親來信的那一場。歡喜、驚訝，然後極度焦慮，最後失望沮喪之情刷過他的臉，豐富的表情，近乎病態，使得梵達停下手邊的縫補活兒，蜜希安停止用鞋跟打節拍，而義大利舞女則是緊緊抓著她那塊灰色羊毛頭巾，屈尊離開佈景架子為了看伯拉格哭泣。日常的小勝利，倒是饒富趣味。

然而，每次，輕佻的咯咯聲，像是一陣暗笑，攪亂這動人心弦的場面。聽覺敏感的伯拉格第一天就已經察覺到……

第二天：「是哪個笨蛋在竊笑？」他吆喝道。

沒有回應，「娼婦們」死氣沈沈的臉上也沒有透露出任何訊息。

第三天：「擾亂排練，四十塊錢的罰款將落到天曉得是哪個傻瓜的身上！」

伯拉格一直不知道是誰在搗亂……

終於，第四天：

「『跑龍套的』，是你在暗地裡譏笑我嗎？」伯拉格叫道。「拼了命，對，努力在您所做的表演裡放入一點……悲劇人生、一點……簡單又真切的美，超越矯揉造作，為的是什麼？就為了讓像你這樣一個跑龍套的笑得直不起腰！」

一張椅子倒下，從葬禮般的黑暗中走出「跑龍套的」發顫的身影，蒼白，危顫顫地說道：

「先生……伯拉格先生，我……我沒有在笑……我在哭！」

III.

我真是一位了不起的人。

一個疼愛孩子的人，

疼愛小乖乖們，
啊！滿嘴髒話的女人！

倚靠在鐵製桅杆上，活像一隻遭到圈捕的小熊，「跑龍套的」左搖右晃，不自主地讓香肩碰觸金屬桿的沁涼。她在聽，看著遠方，喜劇男配角比劃蓮花指，剛對女配角說：「我親愛的朋友，全民表決是為風尚；我很高興對您宣佈，絕大多數的人選出我們的夥伴撒拉克為歡笑王子！」

「這件雙排扣男型長大衣還是穿在哈弗爾身上好看。」「跑龍套的」尋思。「畢竟，穿在哈弗爾身上，怎麼看都像是為他量身訂做的……」

她拿撒拉克身上過於寬鬆、冗長的黑色男式罩袍，與穿在肥胖男配角身上的紫色緊身禮服做比較。後者拱起來的胳臂與騰空的肩膀，試圖掩飾袖子太短的缺陷。當他再度登場，背對觀眾，身子一閃，倜促地將三角褲撐破……

可怕的熱空氣壓得這深夜喘不過氣。一個八月天的夜晚，連續幾天幾夜萬里無雲，不曾落下一滴雨。嚴酷的夏日暑氣慢慢地逼近陰暗的後台，直到九重天秀場發霉的地下室。藝人們都察覺到了。再也聽不見任何咆哮與尖笑；就連朝廊道敞開大門的臨時演員更衣室，也不再響起相互謾罵的喧鬧聲。從女配角到舞台技師，所有人都小心翼翼地動作，保持最後的體力。

「明日，早晨！」「跑龍套的」心想。她像拉四輪車的馬一樣低下頭，視而不見她的緞面拖鞋在拇指地方破了一個洞。清新的乙醚與英國鹽水氣味讓她甦醒：「啊！對，這是為了身體不適的愛爾喜。我們可以說，她真走運！她可以不必幹活……」

四名瘦弱的女孩，穿著英式刺繡長裙，相繼出現在鐵梯上。她們默默地通過，「跑龍套的」夢遊般跟在後方，看起來像是受到磁力吸引。踩著沒把握的步伐，她們一個接著一個登上舞台，唱著一首關於小女孩遊戲的模糊詩歌，同時朝空中踢腿，掀起一片蓬蓬裙浪，接著她們氣喘吁吁地返回後台。

因為「跑龍套的」往鐵欄杆上一靠，發出一聲不自覺、哀怨的：「天氣真熱！」其中一名女孩發出一陣神經質的爆笑，還以為「跑龍套的」說了什麼很好笑的事……

為了趕上九月一日的演出，夏季活報劇，苟延殘喘。這齣戲經歷過痛苦的晚上，兩百名觀眾，分散在有聲劇場內，尷尬地大眼瞪小眼，甚至在壓軸戲開始前便紛紛離場。有些星期六或下大雨、路面積水的星期天，這齣戲竟也復甦過來迎接雜沓的人群。

秀場管理部門，從一開始的小心謹慎到後來的恬不知恥，將海報上過於昂貴的首演明星一個一個刪除；英國舞孃不屑巴黎夏日；唱輕歌劇的明星在特魯維（Trouville）*；一百場的演出已經把輪流接替的女配角們累壞了。撒拉克，在左岸眾所周知的人物，披上十八世紀的雙排扣男型長大衣上陣。

整齣戲裡只有戲服沒有更新，還有，「跑龍套的」也沒有。自從被她那古怪的舞孃姊姊拋棄在九重天秀場的那一天起，說來也有三年了，「跑龍套的」成了這間優質秀場的一員，於活報劇、默劇甚至是芭蕾舞劇裡充當臨時演員。某一天秀場主任注意到她，打

---

*位在法國西北邊，屬於上諾曼地省的一個城市。

聽之下，她才時來運轉：

「這小女孩是幹啥的？」

「三法郎三十三分錢的角色。」舞台總監回答道。

自大後天起，「跑龍套的」感到陽光耀眼，終於能月領一百六十法郎，好過之前的五個銅板。這場交易之下，她無時無刻都得出勤，把時間耗在發呆，或是比無所事事更愚蠢的工作上：走台步、合唱、擺姿勢……春去秋來，她一刻不得閒，而疲憊已經爬上她的臉，發黃的眼皮與無精打采的腫脹眼袋。她溫順，睜著聽話的大眼睛，舞台總監一會兒稱她是「領固定報酬演員當中最優秀的」，一會兒又說她是「糊塗蛋典範」。

今晚，和大家一樣，她覺得熱，比其他人更感到燥熱，因為她根本沒有進食。想起她的晚餐就讓人作嘔：她還可以感到自己坐在人行道的桌邊用餐，面對一塊切不下手涼掉的牛肉。還有聞起來帶著一股潮味的豌豆……她甩動臉頰附近的捲曲假髮，不疾不徐地朝鐵梯方向移動。她一點也不急於離開這個帶有陰森森安全感，使她逐漸安詳枯萎的場所。下樓梯之前，她偷偷朝布幕縫隙看了一眼，惶恐地說：「喔！今晚又是獸群滿座！」

「跑龍套的」最怕夏季的觀眾。她知道，八月，九重天秀場靜態的商戶常客將座位讓給一幫奇怪的傢伙，他們於幕間休息片刻製造粗野的嘶喊。她同樣害怕條頓人粗獷的鬍子、東方人藍黑色縐紗下方煙草色光滑的皮膚與黑人費解的笑容……暑氣將他們引來，也帶來三伏天裡其他的討厭鬼。

「跑龍套的」她曉得，午夜之後，這些「野蠻人」喜歡在冷清的街頭尾隨、撩撥那些貧血蒼白，每天僅在劇場裡掙得三法郎又三十三分錢的臨時女演員。

「當然，日子還是要過，」「跑龍套的」心想，「逆來順受。但不是受這些人，這些野蠻人的擺佈！」

她決意一個人回家。即便筋疲力盡，她還是步行到橋的另一邊，科蘭古（Caulaincourt）小區。位在蒙馬特墓園上方，某公寓頂樓的酷熱小房間正等著她。薄牆留下整夜溫暖，風只有帶來工廠的煙氣。

這個房間談不上生活與眠夢。「跑龍套的」卻買了半磅的李子，穿著便衫，倚在窗邊，她要一人獨享。這算是她夏日的奢侈。她用兩個指頭捏出果核，作勢朝遠方扔去，目標墓園。黎明前的寂靜裡，當她聽見果核彈落到小教堂窗口上的鐵製十字架，發出哐噹聲響，她微微一笑並說道：「啊！我贏了！」

在公共場所

Dans le public

Opéra-Comique

鳳凰劇院

「今晚要做什麼呢？」

一整天，酣暢淋漓的那卜勒斯冒著煙氣，像一間骯髒的浴室。落雨襲擊海灣，卡普里島消失在銀白色的傾盆大雨後方。一團壯觀的紫紅色雲幕蓋住維蘇威火山，隨之又朝海面上飄去，遮蔽天際，將天邊夕陽明艷的玫瑰色光彩壓得低低的……

一陣鈴響迴震於這間白色、空蕩蕩的旅館，我們在此無視霍亂與狂風冰雹的威脅。我們大可，在德國步兵憂愁目光的監視下，奔跑，在無盡的長廊裡玩滾木環。撞球室是我們的，那個身穿白色外套在吧台打盹的男人、所有的電梯，以及鼻頭閃著油光、眼睛迷人的捲髮女傭，也都是我們的……能容納兩百人的餐廳只有我們，三片屏風將我們與其餘半畝亮得使人暈眩的鑲木地板隔開……然而……

「……要做什麼呢，今晚？」

首先，看一下晴雨表。然後，額頭頂在遊廊的玻璃窗，看著外頭淹水的提防上，大如藍紫色月亮的街燈，其鐵桿在強風中搖擺……

兩次陣風間，一個聲音唱著〈我的美人〉（Bella mia）和〈睡吧〉（Famme dormi）。是個孩子的聲音，響亮、尖銳，帶有鼻音，由曼陀林琴伴奏。突然，我嚇了一跳，看見玻璃窗的另一邊，一個額頭頂住我的額頭，兩隻眼睛看著我，亂七八糟倒映著如畫風景的頭髮下，兩顆骨碌碌的黑色眼珠子：唱歌的小女孩走上台階來討賞。我將門打開一點；那孩子剛好可以側身溜進來，柔和地，一個乞討的手勢，陰性的強烈目光，由下往上打探，讓人幾乎被迫感到羞愧……硬直的斗篷上落滿雨珠，頭帶著尖帽；一陣池塘與濕羊毛的氣味隨她飄進來……

「今晚要做什麼呢？喂、喂，今晚要做什麼？」

半個小時之後，我們在鳳凰大劇院前停下腳步。一個大小中等的歌舞雜耍表演場，一幅不得體的廣告看板——關於某地區名酒——嵌於其上，牆壁、舞台帷幕、走廊上都掛著。枯燥乏味的圖像，仰喉、高翹臀，酒瓶旁趴著老套的仕女剪影，這就足夠讓我們感覺遠離巴黎，有點迷失……

即便有兩盞強烈的聚光燈照射，所有的一切看起來依舊悲涼：在場僅有三位女士，兩位穿著整齊的小姑娘和我。男人啊、男人！直到帷幕升起之前，他們高聲大笑，隨著交響樂隊低聲歌唱，握手，排練台詞。在他們之間充斥著不良場所的不拘小節……

然而，節目表上，卻只有女人啊、女人！只見婕瑪貝麗絲、蘿倫瑟、麗娜、瑪麗亞等名字……通過她們美妙的義大利名字，我癡癡地盼見粉紅鮮嫩的棕髮威尼斯女子、在黑色秀髮襯托下更顯白皙肌膚的羅馬女神、高仰下巴的佛羅倫斯女郎……哎呀，算了！

在這面，我根本意想不到，天真地繪有法國城堡、閃閃發光的羅亞爾河的帆布背景前，魚貫出現麗娜、瑪麗亞、蘿倫瑟、和婕瑪貝麗絲，以及其他人、其他的人……最纖弱的那位讓陽台上的女像柱自嘆弗如。這裡，人們喜愛結實的。基於這一點，我猜蘿倫瑟·葛洛麗亞，為了加強肘部的鷹嘴突，用了不少棉花與手巾卷；圍繞著一個臃腫的身軀，她揮舞瘦弱的雙臂，豐腴的腰臀間繫著一件紫、金顏色的緞紗……

諂媚的聲浪——為什麼？——迎接蒙著青綠顏色的面紗，懶洋洋的舞孃，婕瑪貝麗絲。人們喝采歡呼替貞潔的脫衣舞秀伴奏，舞孃克制的笑容像是在對過分的裸露表示歉意……一分鐘，讓觀眾欣賞她白皙的美背，還大膽猥褻地扭動了幾下；倏地，像是被眾人的目光刺傷，她轉過身，搓、揉、甩動鑲滿亮片的絲巾，繼續如洗衣婦般的舞蹈動作……

值得一聽、值得一看的秀場明星，那就是瑪麗亞，一個將近五十歲的義大利女人，風韻猶存，熟練地塗妝抹彩。我不能否忍，也無法甩開這訓練有素卻開始沙啞的嗓音，以及大量手勢的吸引。我沒有辦法對此刻洋溢豐富表情的臉提出異議；香肩、小蠻腰、肥滿敏捷的小腿，處處是表情，尤其她那雙手，那雙於空中揉擦、掂量、愛撫，絲毫不懈怠的手，一旦疲憊、燦爛、迷人的容貌，不經意地被哭、笑等表情皺裂了那層厚厚的脂粉，她便蹙起有如天鵝絨般高尚的眉毛，以鋒利的目光盡收全場的貪婪慾望。

「尼斯棒棒糖」……滿是好奇的我，期待著，這位有著傻呼呼藝名的法國女孩。她出場了。苗條——真是夠了！——可憐兮兮地套在鑲有大亮片的短裙裡，唱著巴黎的香頌，陳腔濫調。我曾在哪兒見過這瘦小、不修邊幅、幾乎沒有鼻子，看似賭氣又膽小的少女？說不定是在奧林匹亞秀場？還是在若絲淑雅遊藝廳？

「尼斯棒棒糖」……她只會一種討喜的手勢，指頭彎曲成勺狀，古怪又像貓一般柔媚……我曾在哪裡見過她？她游移的眼神與我的相遇，笑容從嘴角逃開，似乎爬上她畫有藍色眼妝的大眼睛……她同樣也認出我了，一直盯著我看。她將她的香頌拋諸腦後；我從她孩子氣的臉上讀出她想與我重聚和說話的念頭……最後一段歌曲結束，她生硬地對我一笑，簡直像要大哭一場，然後迅速地離開，還不慎撞上佈景架子……

之後，還有一名臃腫、清涼的女孩，信心十足，行動稍嫌緩慢，她對觀眾拋出綁在細長蘆葦桿上、無梗的花朵……一道雜耍，無疑地，看出她懷有身孕，這工作似乎是個折磨，滿身汗水，她表情恍惚地謝幕……

太多女人，太多女人了！我希望這個巡演隊裡能摻混一些拿波里搞笑歌手，以及不可或缺的藍髮男高音。五、六隻受過訓練的貴賓犬，或是用雪茄盒吹奏管樂的男士都不足以豐富表演……

真悲哀，竟有這麼多的女人！她們太棒了，大家會想念她們。我的眼睛一路瞄過磨損的裙襬、綠金色的腰帶、黯淡的指環、用白珊瑚染色的粉紅項鍊。然後，我看見一對發紅的手腕，一雙長繭的手在烹飪、洗滌與灑掃，我猜還是穿著破絲襪、如千層酥般剝落的破鞋；我想像通往沒有火爐的房間那黏膩的梯級，殘燭那微弱的光火……望著那唱歌的女孩，我看見其他人，所有其他的人……

「喂，我們走吧？」

雨一直下。一陣狂風將驟雨打進敞篷車內，車子重新啟動，由一匹發瘋的小黑馬拖駛，彷彿墜入深淵，發出一連串咆哮：「啊啊啊……」

吉妲內特

十點。香烟繚繞的塞蜜哈米斯咖啡吧，這夜，我的蘋果泥醬竟摻有馬里蘭州的菸草味……空氣中瀰漫著一股放假前夕的狂熱，在作息規律的人們之間蔓延開來，隔天的例假日，特殊的日子，睡懶覺晚起的早上，坐進出租車內閒逛到藍旗餐廳，拜訪父母，從郊區來巴黎放風的寄宿生，在這個美好的星期天呼吸夏特雷*純淨、富有生命力的空氣……

塞蜜哈米斯，忙翻了，煮了一道菜肉燉鍋，作為星期天晚餐的基本盤：「三十磅的牛肉、六隻母雞雜碎！我想，這準會讓他們吃了之後乖乖的。我給他們晚餐前菜、宵夜沙拉！還有清燉肉湯，看他們該如何是好！」放心了，她抽著她的常年香菸，同時帶著童話中食人妖一般的笑容穿梭於餐桌間，手中舉著一杯她下意識不斷攪拌的蘇打水威士

---

*Châtelet，位在巴黎第一區，是最繁忙的地下鐵交通中心。

忌。一杯苦澀溫涼的咖啡；我那隻被香烟燻得一把鼻涕一把淚的小母狗，催促我趕快離開……

「您沒認出我嗎？」一個聲音貼近我說道。

一名身著黑衣的年輕女子，樸素的近乎寒酸，用目光審視著我。她有一頭深色的頭髮，隱約藏在裝飾有刀片狀羽毛的髮髻下，頸上一條小領帶，手上一雙毫無光彩的灰珍珠色手套……

脂粉、口紅、黑色睫毛膏、不可少的顏部彩妝，依需要、按習慣，被一隻漫不經心的手撲塗著。我在記憶中翻找，突然，那雙美麗的眼睛，睜得大大的眼瞳，折射出如塞蜜哈米斯咖啡一樣的黑褐色波光，引導我取得訊息：

「哎呀，是吉妲內特！」

她的名字，歌舞秀場生涯中的荒謬藝名，隨著我倆第一次相遇的記憶，浮現腦海……

三、四年前，我在九重天秀場表演默劇的時候，吉妲內特的梳妝間就在我的隔壁。吉妲內特和她的女友，一對「大都會舞孃」，就在那兒更衣，面對著樓梯，為了通風而敞開著門……吉妲內特跳著滑稽的變裝舞，而她的女友——麗塔、莉娜、妮娜？——則以華服女郎、義大利女子的形象交替出現，一會兒穿著哥薩克皮靴，一會兒披著馬尼拉麻直披肩、一朵康乃馨垂在耳邊……一對和善的小情侶，我也許該為她們寫寫同居生活短篇*，因為其中有姿態、感化的眼神，還有吉妲內特所表現出來的權威，替女友的頸子圍上羊毛披肩，近乎慈母的溫柔照護……女友——麗塔、莉娜還是妮娜，我有點記不得了——染著金色頭髮的一名女孩，淺色的眼睛，潔白的牙齒，類似誘人又淘氣的年輕洗衣婦……

她倆舞跳得不好不壞，她們的經歷可是成串的「舞蹈戲碼」。年輕、靈活，厭惡娼寮酒館，於是零零散散地湊足了錢，以週薪聘請芭蕾舞蹈老師，還有服裝師，編排好一

---

*秀場時期的柯蕾特也為《戲劇》報刊撰寫巡演隨筆。

齣舞碼……要是我們運氣非常、非常好，我們便可開始在巴黎的秀場巡演，接著巡迴各省與外國……

那個月，吉妲內特和她的女友便在九重天「幹活」。連續三十個晚上，她們對我表達了謹慎又無私的殷勤，與秀場後台所僅有那靦腆又謙讓的保留態度。就在我於眼皮抹上最後一層紅色彩妝之際，她倆上樓來，微微發熱的太陽穴，口裡吐著短促的呼吸，氣喘如牛，沒有說話，先是對我微微一笑。稍微恢復呼吸之後，她們禮貌性地對我道晚安，附上簡短有用的訊息，如：「不可多得的觀眾！」或是：「今晚的觀眾真夠卑劣！」

接著，為自己換下衣服之前，吉妲內特先替她的女友解開胸衣，在她的肩頭披上和式浴衣，麗塔、莉娜還是妮娜，無賴又神經緊張，開始大笑、咒罵、喋喋不休：「您可要當心，」她對我喊道，「滑冰表演者又將舞台地板刮花了，您小心今晚在舞台上的意外！」吉妲內特以低沈的嗓音回應道：「摔跤，很好……表示往後三年內我們還會再回

到同一個秀場表演。在波爾多劇院*，我啊，還因此一腳踏進溝間縫隙裡……」

她們，就在我隔壁，敞開著門，高調地生活在一起，天真爛漫。她倆吱吱喳喳地如樹上忙碌的鳥兒，無比溫柔，高興能一起工作，彼此依偎擁抱，相互捍衛令人無法忍受的淫辱，以及總是居心不良的男人……此時，我面對著吉妲內特，尋思這位孤零、沮喪的人兒，竟有如此多的改變……

「坐一會吧，吉妲內特，一起喝杯咖啡……呃……您的女友，她在哪兒？」

她坐下，搖了搖頭說：

「我們分手了。您沒聽說我的遭遇嗎？」

「沒有啊，我什麼也不知道……我能冒昧地問一下來龍去脈嗎？」

「喔！當然。您啊，也是一名藝人，和我一樣……和我以前一樣，因為，現在的我甚至稱不上是女人……」

---

*Bouffes de Bordeaux，舊時巴黎的義大利式劇院。

「有這麼嚴重嗎?」

「要的話,是很嚴重。就看個性了。我啊,天性如此,舊情難忘。當時我很依戀麗塔,她是我的全部,我以為這段關係至死不渝……恰好,事情發生的那一年,我們很走運。我們剛結束阿波羅秀場的舞碼,哦,經紀人索羅門對咱們說,我們要在九重天秀場的歌舞活報劇裡演出,一齣妙極了的活報劇,有兩百件戲服、英國來的舞孃等等。老實說,我並沒有對能在那裡跳舞而瘋狂,我總是擔心,在有這麼多女人的活報劇裡,事情往往演變成糾紛、爭風吃醋、流言蜚語。演出後的第十五天,繼以前我倆的簡單小戲碼後,我陷入膠著。而麗塔和我的關係也不再像從前那樣,她開始到處串門、打交道,和誰都交好,並且到露西·黛蘿絲的梳妝間拿取香檳;哼,露西她真是一名高大的牝馬,紅棕色的頭髮,穿著衣帶老是被扯斷的胸衣……一瓶香檳要二十三塊錢,您倒是說說看,同樣的價錢難道就沒有其他好東西嗎!我的小麗塔變得做作,令人難以忍受。有天晚上,她不是一邊爬上樓還一邊吹噓女配角對她拋媚眼嗎?我感到傷心,怎樣都不對勁。早知道我就答應去漢堡或是柏林的音樂廳冬之苑，遠離這齣沒完沒了的歌舞劇！」

吉妲內特用深咖啡色的眼睛望著我，眼神中失去往日的鬥志與活力，繼續說道：

「您知道，這些事我都原封不動地對您說。請別以為是胡謅的背後壞話！」

「喔，不，吉妲內特，我可沒這麼認為。」

「重點來了。某天，我的小玫瑰對我說：『吉妲內特，聽好，我需要一條襯裙，目前這件太令我感到難堪了。』這倒是事實，由於錢箱鑰匙是我在看管的，不然，我倆三餐吃什麼！我回她說：『你想要一件多少錢的襯裙？』『多少錢、又多少錢！』她憤怒地嗆聲道：『好像我沒權利買襯裙！』一發不可收拾，我無法逃避這個場面。為了安撫她，我只有對她說：『鑰匙在這裡，要多少錢你自己拿吧，但別忘了明天是繳房租的日子。』她拿走一張五十法郎的鈔票，她急如星火地穿好衣服，為了在她所謂的尖峰時間之前抵達拉法葉百貨公司！而我則留在原地整理從洗衣店送回來的兩套戲服，我一邊縫補，一邊等她……過了一會兒，我突然想到要替麗塔的連身裙更換雪紡紗，便急忙衝下樓，前往離家最近的布蘭奇廣場，天色已晚……沒有什麼比對您講述這段往事更讓那一刻歷歷在目！當我走出商場的時候，一輛計程車差點沒把我輾死，車子貼著人行道停下，您猜我看到什麼？那個人高馬大的黛蘿絲從車裡走下來，衣冠不整、蓬頭亂髮，對還在車內的麗塔道別，並在我的麗塔的手上留下一個吻！五雷轟頂，我杵在原地，雙腿痲木……當我想揮手叫喚麗塔的時候，計程車已經駛遠，載著麗塔朝我們住處，康斯街*的方向開去……」

「我像個傻子一樣回到家，當然，麗塔她早就在那兒了。當時她的表情……喔，不！要像我一樣瞭解她的人才會懂……

「算了，略過！我真遲鈍，還問她：『你的襯裙呢？』『我沒買。』『那五十法郎呢？』『遺失了。』她面對我這樣回答，兩眼看著我！您無法想像啊，無法想像……」

垂下眼簾，吉妲內特焦躁不安地攪動杯裡的咖啡……

---

*Rue Constance，該法文字又作陰性名詞解：忠貞、恆定之意。

「您無法想像她那番話對我的打擊。好像我親眼目睹：她們的約會、散步兜風、佈置好的房間、床頭櫃上的香檳，一切的一切……」

低聲咕噥，她覆述著：「一切的一切……」直到我打斷她：

「然後，您怎麼辦？」

「沒怎麼辦。整個晚餐時間，我用淚水配青豆燉羊腿……八天之後，她便離開我了。幸好，我生了一場要命的大病，不然，即使我深愛著她，我也會將她殺了……」

她語氣和緩地談論要命、死亡，卻還不斷地攪動杯裡已經冷掉的咖啡。這名自然純樸的女孩，明白只要一個簡單的動作，幾乎不粗暴，便能解決一切悲慘不幸的事……是死，是活，除了生無法選擇以外，死亡是一個我們可以選擇的狀態……

「吉妲內特，您曾經想尋死嗎？」

「毫無疑問，當然。」她說。「只是，當時我病得太重，您知道，我也沒辦法。再說，我祖母竭力懇求我，細心照顧我直到康復。她年紀一大把了，不是嗎，我不敢丟下她……」

「而現在，您不再那麼傷心了？」

「不，」吉妲內特小聲地說。「我不想遺忘那份傷心的感覺。在深愛過我的女友之後，若不對此事感到痛苦，我有愧於心。您所說的也是大家一直勸我的：『想開點……時間會沖淡一切……』我贊同時間會沖淡一切的說法，但也是因人而異。我就只認識一個麗塔，不是嗎，緣份就是這樣，我不曾有過男朋友，在我很小的時候，就失去了雙親，也不知道做為一個孩子的感受是什麼，但是當我看見成雙成對的快樂情侶，或是天倫之樂，我心裡便想：『他們有的我都有，因為我有麗塔……』呿，我的人生就這麼結束了，沒有什麼好改變。每當我回到祖母家，在我的房間裡，我又看見麗塔的肖像，我們一起跳舞的相片，我倆曾經一起共用的梳妝台，每次都舊戲重演，我又哭、又叫，不斷喊著她的名字……我好難過，又無法釋懷。說來真好笑，但……除了感受痛苦，我似乎也不知道該如何是好。這將與我為伴。」

L' Envers du Music-Hall

譯後記

陳虹君

二零零八年秋天開始，我經常受邀到一位導演朋友家作客，料理的空檔，聽著他抱怨因軋戲太多無法為自己的下一部電影專心作導演功課……執導過四部影片，當導演才是他的畢生志願，演戲只是養生活、餬口的手段，他最常掛在嘴邊這樣說。

原來，兩年前這位導演朋友已經在籌劃、佈局新作，劇本也因為各種人世際遇更動過無數次。然而不變的是，他想重現秀場的風華。很老派地，他依舊憧憬在法國俗文化中頗具地位、而今凋零不復見的巡演式歌舞秀，更著迷那些「夜間工作」的人們與其生活狀態。

一天，他唸了一段話：「……我們奔跑，朝快速求生的幻影奔跑，朝熱情的幻影奔跑，朝工作的幻影奔跑，跑向無需思索的幻影，跑向不留任何遺憾、悔恨甚至記憶的幻影。」這就是他一直想要在新作劇本裡保留的情緒啊！只是他尚未遇到中意的巡演隊伍與戲碼，開拍時間再次延宕。

而我，就這樣，與柯蕾特相遇了。透過文字，我首先進入了二十世紀初的歌舞秀場世界。

她的文字令人著迷。她的語言清麗新穎，是描述感官世界的能手。又善於捕捉人物內心世界的瞬時變化，細膩地描繪大自然中的聲、色、味道。我開始摸索，進而認識這名前衛、無所畏懼，曾經針尖麥芒地反駁出版社：「名作家（安德烈．紀德）自砍身價，別人還能指望拿多少，不是明擺著要餓肚子？」的法國國寶級女作家。《秀場後台》這本一百多頁的小書便是柯蕾特結束第一段婚姻之後，為了有足夠的經濟來源保障她想要的生活，到秀場演出默劇與舞蹈的巡演筆記。她利用排練的空檔、飯間等待的時候或是火車旅途間，在撕下來的報紙、餐巾或是不知名的碎紙上書寫，寫下秀場藝人們的汗水、疲勞、吃不飽、爭寵與妒忌……這些隨筆當時都發表在巴黎《晨報》的一個名為「一千零一個早晨」專欄裡的「秀場系列」中。她一個月給報社供稿兩次。最後於一九一三年出版成冊。

柯蕾特不要餓肚，她要享受，享受存在的華美，甚至荒唐。柯蕾特當時最知名的兩齣默劇是《埃及夢》（Rêves d'Égypte）與《肉慾》（La Chair）。也就是在巴黎紅磨坊演出《肉慾》一戲時，她冷不防地全裸示眾，造成轟動。然而該劇也從此在巴黎遭到禁演。柯蕾特的「醜聞」還不止於此，她竟然戀上了一位花名「蜜西」（Missy）的女演員，身邊同時也還跟著一位情人！

時序轉入二零一零年，導演朋友的電影長片終於殺青。再次聽到柯蕾特的名字，是某天晚上，法語國際廣播頻道傳來柯蕾特的童年故居即將遭到拍賣的消息。接著，文學界、影視界深具名望的人們積極發表捍衛故居的講話，動員籌款，斡旋文化部出手買下云云……

事件喚回我當初閱讀柯蕾特的記憶。還有曾經閃過的疑問：法國文學歷經了新小說與結構主義，為什麼對柯蕾特（從來劃不進文學圈的任何一類）的熱情始終不減？在法國如此多產又廣為人知的作家，為什麼中文世界對她的認識則相當有限？

導演朋友的新作為他贏得了第六十三屆坎城影展最佳導演。我在另一個城市替他欣喜，同時浩浩蕩蕩地展開翻譯引介柯蕾特秀場時期隨筆的工作，一個讓我再次時空穿越的美好差事。

柯蕾特的故居在眾人的聲援下，獲得復興保存，即將於二零一三年底正式以作家文學館的面貌對外開幕！

L' Envers du Music-Hall

秀場後台 L'Envers du Music-Hall

作者 西多妮-加布里葉・柯蕾特 Sidonie-Gabrielle COLETTE
選書翻譯 陳虹君
校訂 陳立妍
編輯 陳虹君、劉霽
美術設計 好春設計・陳佩琦

出版 一人出版社
地址：臺北市南京東路一段二十五號十樓之四
電話：(02)25372497
傳真：(02)25374409
網址：Alonepublishing.blogspot.com
信箱：Alonepublishing@gmail.com

總經銷 聯合發行股份有限公司
電話：(02)29178022
傳真：(02)29156275

二〇一三年二月 初版
定價新台幣二五〇元

國家圖書館出版品預行編目資料

秀場後台 / 西多妮 - 加布里葉・柯蕾特 (Sidonie-Gabrielle COLETTE) 著；陳虹君譯 .
-- 初版 . -- 臺北市：一人 , 2013. 02
224 面；19*12 公分
譯自：L'Envers du Music-Hall
ISBN 978-986-85413-8-2(平裝)
876.57　　102000499